2016 제61회 現代文學賞 수상시집

안규철, 「두 개의 빈 의자」, 드로잉

| 현대문학상 기념조각 |

안규철

책은 양면적인 요소들이 중첩되어 있는 물건이다.
책에는 왼쪽과 오른쪽 페이지가 있고, 보이는 앞면과 보이지 않는 뒷면이 있다.
안과 밖이 있고, 시작과 끝이 있다. 흰 종이와 검은 잉크가 있고,
드러난 것과 숨겨진 것이 있으며, 저자와 독자가 있다.
서로 상반되면서 동시에 상호의존적인 이런 요소들은 책이 닫혀 있을 때는 드러나지 않는다.
책은 상자와 같아서, 책장이 펼쳐지기 전에 그것은 무뚝뚝한 한 덩이 종이뭉치에 불과하다.
책을 열면 이렇게 하나였던 것이 둘이 된다. 왼쪽과 오른쪽이, 안과 밖이, 저자와 독자가 거기서 생겨난다.
그리고 그 둘 사이에서, 낯선 한 세계의 지평선이 떠오른다.
마술사의 손바닥에서 피어나는 꽃처럼, 작은 책갈피 속에서 세계 하나가 온전한 윤곽을 드러낸다.
문학작품 앞에서 늘 그것이 경이롭다.

제61회 現代文學賞 수상시집

김경후

잉어가죽구두 외

H
현대문학

| 차례 |

수상작

수상시인 자선작

수상후보작

역대 수상시인 근작시

심사평

수상소감

수상작

잉어가죽구두 외

김 경 후

김경후

잉어가죽구두 외

1971년 서울 출생.
1998년 『현대문학』 등단.
시집 『그날 말이 돌아오지 않는다』 『열두 겹의 자정』.

잉어가죽구두

너덜대는 붉은 가슴지느러미
수억 년 동안 끝나지 않는
오늘이란 비늘
떨어뜨리는
노을
아래
기우뚱
여자는 한쪽 발을 벗은 채
깨진 보도블록 틈에 박힌 구두굽을 잡고 쪼그려 있다

먹감나무 옷장

거대한 벼루 같은 밤
먼 옛날을 닫는다
곧 돌아올 오늘마다 열었다 닫는다
감나무 단 냄새를 연다
먹 냄새를 닫는다
삐그덕거리던 새벽 여섯 시들을 연다
늙은 좀벌레들이 하얗게 죽은 밤 열한 시들을 닫는다
곰팡이 핀 북쪽 벽을
비어 있는 나프탈렌 주머니를
닫는다 열고 닫는다
먹감나무 가지에 걸렸던 바람의 묶음들
구멍 난 바지들
닫고 닫는다
땔감이 되고 잿가루가 될 때까지
연다 닫는다 삐그덕거린다
집을 떠받들 뿌리 내릴 때까지 닫아버리기 위해
연다
빈 옷걸이 텅 빈 고요 속
거꾸로 매달려 몸을 떠는 집유령거미

검은 집 다락 속 먼 이야기에 닿는다

해바라기

　세상 모든 정오들로 만든 암캐가 왔다, 나는 그 암캐를 알지 못하지만, 그 정오부터 알 수 없는 말을 할 수 있게 됐다. 흑점의 온도로 울부짖는 암캐, 그 울부짖음 집어삼키는, 암캐의 뱃속에, 박히는 칼, 나는 요리는 모르지만, 뱃속보다 깊은 어둠을 찾을 수 있게 됐다. 칼끝에서 첫 핏방울이 떨어질 때부터, 시퍼렇게 목줄기가 찢어질 때부터, 그 목줄기 울음 따라 핏줄이 터질 때부터, 나는 마음에 없는 말과, 말없는 마음을 가질 수 있게 됐다, 내 목줄기를 향해 달려오는 톱니바퀴, 돌고 도는 톱니바퀴의 울음도 울 줄 알았다, 암캐처럼, 암캐가 없어도, 땡볕에, 나는 그 암캐와 함께 끌려갈 줄 알았다, 암캐처럼, 동네 냇가에 아주 오랫동안 끌려가지 않기 위해, 나는 내가 알 수 없는 글을 쓸 수 있게 됐다, 나는 그 암캐를 알지 못하지만, 그날부터, 세상 모든 정오들로 만든 암캐가 됐다, 그날 저녁, 부엌 구석에서 나는 쩝쩝거리며 고기를 먹었다, 그날 저녁부터 나는 뱃가죽이 찢어지는 소리로 울 수 있었다

뱀의 허물로 만든 달

빛
아래
뱀이 허물을 벗은 돌로
쌓은 탑
나의 탑

천 년 이끼
만 벌의 허물들로 쌓은
백만 번 갈라진 뱀 허물로 쌓은
나의 탑
나의 달

그러나 아직
뒤엉켜 움찔대는 뱀의 허물
가득 들어차 있는 탑
나의 허물로 만든
달
나의 말

검은바람까마귀

머리카락으로 검은 돛 짜 올려도
지난밤들 바람 돼 불어도
검은바람까마귀
바다 한가운데
홀로
가지 못하고
사라지지 못하고
아홉 파도 넘어 아홉 폭풍 속에도
부서지지 못하고
검은바람까마귀
바다 한가운데
홀로
가슴뼈들로 노를 저어 간 곳
거기가 홀로
주름상어와 함께 늙지 못하고
물거품들과 함께 꺼지지 못하고
아귀와 함께 지옥에도 떨어지지 못하는
홀로
검은바람까마귀

바다 한가운데
검은바람까마귀

수렵시대

　사냥이 시작된다, 바람 한 점 없는 밤, 발자국 하나 없는 백지, 사냥이 시작된다, 검은 화살 꽂히는 곳, 이미 썩은 짐승, 이미 추락한 새, 창이 박힌 곳, 지난밤의 폐허, 그러나 눈먼 사냥꾼, 숨을 멎고 백지 위, 내달린다, 붉은 먼지 속 검은 말발굽들, 내가 젖은 갈기를 잡았지, 혹은, 불끈 솟은 목덜미 정맥, 그 울부짖음을 잡았어, 그런 말들, 잡고 싶을수록 허옇게 부서져버리는 말들, 고함지를수록 텅 비어가는 백지, 사냥이 시작된다, 칼을 휘두르며 달리고 또 달린다, 눈먼 사냥꾼, 백지는, 달리지 않는 모든 것을 한다, 눈표범처럼, 포식자의 높고 깊은 눈빛으로, 달리지 않는 모든 것을 한다, 납빛의, 눈먼 사냥이 시작된다, 보이지도 않던 말들, 목을 물린 채 끌려가는, 숨소리, 이미 뿌옇게 잿가루 뒤덮인 사냥터, 그러나, 다시, 바람 한 점 없는 백지 위, 눈먼 사냥이 시작된다,

수상시인 자선작

입술

입술은 온몸의 피가 몰린 절벽일 뿐
백만 겹 주름진 절벽일 뿐
그러나 나의 입술은 지느러미
네게 가는 말들로 백만 겹 주름진 지느러미
네게 닿고 싶다고
네게만 닿고 싶다고 이야기하지

내가 나의 입술만을 사랑하는 동안
노을 끝자락
강바닥에 끌리는 소리
네가 아니라
네게 가는 나의 말들만 사랑하는 동안

네게 닿지 못한 말들 어둠 속으로 사라지는 소리
검은 수의 갈아입는
노을의 검은 숨소리

피가 말이 될 수 없을 때
입술은 온몸의 피가 몰린 절벽일 뿐

백만 겹 주름진 절벽일 뿐

심해어

그믐밤
그걸 말할 뿐인
도마엔 썩은 아가미
실어라는 이름의 심해어
그러나 이미 너무 많은 말들
안개로도 만들지 않을 혀를 상상한다
안개로만 만들어진 물고기 안개로 만들어진 혀
모든 지느러미와 촉수를 한 겹의 침묵만을 향해 펼치고 싶은
두갈래사슬풀처럼 심장을 죄어들 기억이란 흔적기관은 남지 않았다
대양을 말리고 해저를 퍼내도 이미 잃어버린 말을 난 상상한다
수억만 톤의 수압으로 짓누르는 기억은 기억할 수 없는
그러나 아무것도 꿈꾸지 않는 혀
한 겹의 바다 한 겹의 진흙을 담은 혀
그 심해어의 혀를 난 상상한다
아직 한 음도 낸 적 없는
심해어를 상상한다
아무 이름 없는
아무 말 없는
그믐밤

폼페이벌레

내 가슴속 유적지
거기 폼페이벌레 한 마리 꿈틀꿈틀 살고 있지

불타버린 벽과 젖가슴
무너진 뼈, 찢겨 나간 꿈들
그 틈에서
나는 잿가루와 잠처럼
기억처럼 고이 죽지 못한다고
열과 가스 들이켜며 나는 지켜보라고
온몸의 털로 찰나마다 나는 불타버리라고
폼페이벌레
거기 꿈틀거리며 살고 있지

덕분에 내 가슴속 폐허
잘 살아 있지
가슴의 주인공들과 사건은 사라져도
폐허는 펄펄 살아 있지
나는 내 가슴속 유적지의 유령일 뿐
폼페이벌레가 살갗이 찢어질 때까지 소리치지

살아 있을 때 죽어봐
폐허 속에 살아봐

가슴속 유적지
폼페이벌레의 꿈틀거림이 나의 오늘이지

생일

오늘은 내 생일
불 꺼진 집으로
돌아오는 것은 돌아오지 않는 것
아무도 없는 거리를 지나
불 꺼진 집으로
돌아온다는 건 어둠만 몰고 산다는 것
또는 나비 한 마리 없는 컴컴한 누에방
불 꺼진 집은
유리창나비 부서진 날개
돌아오는 것도 아닌데 왜 또 돌아왔을까
내가 태어난 밤의 비석처럼

속수무책

내 인생 단 한 권의 책
속수무책
대체 무슨 대책을 세우며 사냐 묻는다면
척하고 내밀어 펼쳐줄 책
썩어 허물어진 먹구름 삽화로 뒤덮여도
진흙참호 속
묵주로 목을 맨 소년병사의 기도문만 적혀 있어도
단 한 권
속수무책을 나는 읽는다
찌그러진 양철시계엔
바늘 대신
나의 시간, 다 타들어간 꽁초들
언제나 재로 만든 구두를 신고 나는 바다절벽에 가지
대체 무슨 대책을 세우며 사냐 묻는다면
독서 중입니다, 속수무책

박쥐난이 있는 방

텅 빈 녹음테이프가 돌아가고 있다

박쥐난은
침묵에 들러붙어 산다

이것밖에 없는 방에선
이것만이 생존법

침묵에게
물 줄 시간

눈 감는 소리와 굳어가는 혀조차
조심할 것

잠자코
까맣게 시든 채 돋아나는 이파리

침묵과 죽음 사이
그 마지막 모퉁이에 박쥐난은 붙어 있다

텅 빈 녹음테이프가 돌고 있다

깃털베개의 말씀

나의 모국어는 깃털 부푸는 소리
라고 자랑하기엔
침대와 하늘은 너무 멀고

새와 활공을 말하기엔
나는 좀 많이 죽은 채
너무 홀로 어둠 속에 있지

깃털마다 깃든 절 한 채의 고요
라고 멋부리기엔
네 머릿속이 너무 무겁고 소란스러워

창피해라 네겐
비석이나 베개나
서 있으나 누워 있으나 마찬가지겠지만

내 종교는 꿈과 잠
당연해도 얘기 못 하는 건
천 년 묵은 시멘트 가루 같은 네 불면 탓

청회색 새벽
풀잎 이슬 말라 사라지는 냄새 나는데
말도 안 되는 헛소리들

너도 제발
잠 좀 자!
나 좀 그만 떠들게

절벽아파트

    벽돌을 입에 문 시간이 온다 벽돌로 이뤄진 내 가장 깊은 곳에 벽돌 떨어지는 시간이 온다 가기도 전에 온다 점점 더 커다란 벽돌 딱딱한 벽돌 온통 벽돌이 온다 쌓인다 나는 바벨탑보다 높은 내 안의 외벽을 돈다 내벽을 돈다 피뢰침을 돈다 벽돌을 입에 문 시간을 돈다 흰 흙 젖은 흙 붉은 흙 썩은 흙들의 벽을 돈다 난 나를 돌아본 적 있나 난 돈다 난 적막을 다닥다닥 붙인 텅 빈 광장보다 텅 빈 적막을 돈다 텅 빈 입으로 적막을 물고 나선계단을 돈다 적막의 데드마스크를 돈다 난 나를 돌아본 적 있나 무너져내린 카타콤 벽 틈으로 산지옥나비가 들어온다 비늘가루처럼 부서져 내리며 벽돌을 입에 문 시간이 온다 나는 산지옥나비를 갈기갈기 찢는다

수상후보작

김행숙

주어 없는 꿈 외

1970년 서울 출생.
1999년『현대문학』등단.
시집『사춘기』『이별의 능력』『타인의 의미』『에코의 초상』.
〈노작문학상〉〈전봉건문학상〉 수상.

주어 없는 꿈

어떻게 하면, 당신이 원하는 꿈을 꿀 수 있을까? 물결처럼 베개를 높이고, 낮추고……

나는 당신이 꾸는 꿈을 꾸고 싶다. 밤새 내가 하는 일은 잠든 당신의 얼굴을 뜯어보듯 관찰하며, 파고들듯 탐구하며……

당신이 모르는 당신의 얼굴을…… 파헤치고 싶다.

삶이 우리를 서서히 갈라놓았다면 죽음은 우리를 와락 끌어안을 것이다. 삶이 죽음을 모르는 만큼 죽음도 삶을 모르는 것이다.

어떻게 하면, 단단한 씨앗 속으로 다시 들어가 다시 태어날 수 있을까?

어떻게 하면, 다른 곳에 뿌리를 내릴 수 있을까? 뿌리가 제 꽃을 모르는 만큼 꽃도 제 뿌리를 모르는 것이다. 그것은 별빛이 별빛에 닿듯 까마득히 먼 거리인 것이다.

당신의 가슴에 손을 얹고 느껴보았다. 쿵, 쿵, 쿵……

계속, 계속해서 그것은 이쪽으로 다가오는 중이다. 오른발이 없어지는 동안에 왼발이 생기네, 왼발이 없어지는 동안에 오른발이 생기네, 오른발이 없어지는 동안에……

쿵, 쿵, 쿵…… 그것은 폭설처럼 거칠고 깊은 잠에 빠진 어느 마을을 빗장처럼 가로지르며 홀로 걸어가는 복면한 도둑과 같은 것이다. 계속, 계속, 계속해서 그것은 저쪽으로 걸어가는 중이다.

훔친 물건을 되돌려주기 위해 다음 날 밤을 기다리게 될 도둑이 있었을 것이다. 내일은, 내일은……

어떻게 하면, 당신의 담장을 넘어 당신이 원치 않는 꿈을 꿀 수 있을까? 당신의 목구멍을 긁으며 마침내 빠져나오는…… 저 한 자루 과도에서 한 방울, 한 방울 떨어지는 달콤한 액체를 나는 맛보고 싶다.

과연 당신은 그곳에 무슨 열매를 깎아놓았을까. 나는 당신이 꾸는 꿈을 꾸고 싶다.

당신의 꿈속에서 내가 모르는 내 얼굴을…… 죽이고 싶다. 붉은 껍질을, 붉은 껍질을…… 하염없이 떨어뜨리고 싶다.

꿈속에서 나는 늘 진지했다. 꿈속에서 나는 한 번도 농담을 한 적이 없다.

잃어버린 시간을 찾아서

내 기억이 사람을 만들기 시작했다

나는 무엇으로 구성되어 있는가, 그래서 나는 무엇인가

사람처럼 내 기억이 내 팔을 늘이며 질질 끌고 다녔다, 빠른 걸음으로 나를 잡아당겼다, 촛불이 바람벽에다 키우는 그림자처럼 기시감이 무섭게 너울거렸다

사람보다 더 큰 사람 그림자, 아카시아나무보다 더 큰 아카시아나무 그림자

그러나 처음 보는 노인인데…… 힘이 세군, 내 기억이 벌써 노인을 만들었다면 나는 어떻게 되었을까

나는 생각을 할 수 없었다, 생각을 하는 누군가가 나를 돌보고 있었다

기억이 나를 앞지르기 시작했다

해 질 녘 벌판에서

우리는 저녁 여섯 시에 약속을 하자.
풀잎마다 입술을 굳게 닫아걸었으니
풀잎은 녹슨 열쇠처럼 지천에 버려져 있으니
그리운 얼굴들을 공중에 매달고
땅 밑에 가라앉은 풀들을 일으키자.
우리 혀를 염소의 고독한 뿔처럼 뾰족하게 만들고
서둘러, 서둘러서 키스를 하자.
가장 깊은 곳까지 내려가 찔리자. 찌르자.
입술이 뭉개져 다 없어지도록
저녁 여섯 시에 흐르는, 흐르는 피
젖은 내장을 꺼내어
검은 새 떼들을 저 하늘 가득하게 불러 모으자.
이제 우리는 뜨거운 어둠을 약속하자.

통일 전망대

북한 땅을 보러 갔습니다.
보이지 않는 것을 보러 갔습니다.
사실은 찬 바람을 쐬러 갔습니다.
우리는 소나타를 몰고 기분 전환을 좀 하자고 갔습니다.
저기가 북쪽이야, 누군가 말했습니다.
그런 말은 밤하늘의 별자리를 가리키면서 하는 말이 아닌가요?

그러자 당신은 폼을 잡으며 루카치의 글귀를 읊조렸어요.
"별빛이 갈 길을 환히 밝혀주던 시대는 얼마나 행복했던가."
이제 내가 말할 차례였는데요,
재치 있게 대꾸하고 싶었는데 그만, 에에에에-취 재채기가 터져
나왔어요.
그날 우리는 서로를 웃기려고 대단히 노력했어요.

생각하는 사람

나는 유리창을 닦다 말고 딴생각에 빠졌다, 나오며…… 반은 맑고 반은 흐린 풍경을 보았다. 물이 얼다 말면 어떻게 될까, 그쯤은 나도 안다. 풍경은 같은 풍경,

같겠지만 같은 풍경이 아니다.

얼음이 녹다 말면 어떻게 될까, 나는 늘 생각하다 말지.

불이 붙다 말았으면 내 사랑은 얼마 동안만 따뜻할까. 안 탄 곳은 하나도 뜨겁지 않을까. 타지 않은 곳이면 내내 멀쩡할까.

500원짜리 동전을 주우려고 허리를 구부리다 말고 또 생각에 빠졌다, 나오며…… 동전 중에서 제일 큰 동전, 그쯤은 나도 안다. 100원짜리 동전이 세상에 나온 첫해에 나는 태어났다. 1원짜리 동전이 시장에서 사망한 그해, 내가 훔친 동전들로 상점에서 무엇을 살 수 있었나, 무엇은 절대 살 수 없었나. 내가 흘린 동전을 잠시 쥐었던 주인의 손들은 몇 개, 몇백 개, 몇천 개 둥근 고리로 이어지며 어딘가에서, 작은 주먹을 쥔 아기들이 울면서 태어나듯 아직도, 불어나고 있을까. 다들 잘 살고 있나요?

나는 왜 동전 생각만 하는 걸까. 내 사랑이 꺼지다, 마지막 숨소리처럼 불이 붙으려고 하는데……

"흐린 뒤 맑음"이라고 했는데…… 나는 유리창처럼 서서 날씨는 계속해서 변한다고 중얼거렸다. 그래서 우리는 일기예보를 궁금해하지만 그렇군, 누구의 말도 다 믿지는 않는다고 중얼거렸다.

그쯤은 나도 안다, 알아도 어쩔 수 없는 것을 나는 또 생각하기 시작한다.

소금 인간

당신이 온몸을 쥐어짜서 뚝뚝 물을 흘리면
그것이 핏빛이든
잿빛이든
유리처럼 안쪽을 보라면서 바깥쪽도 내다보라 하든
우리가 어느 쪽에 서 있든
우리는 소금을 줍겠어요

오직 당신을 졸인 결정체를
소금호수, 소금사막, 소금동굴, 소금구름에서
한 마리 흑거미처럼 붉은거북이처럼 걸으며 다른 세계로 휘어
지는 해변에서
4인용 식탁에서
이제 누구도 앉지 않는 의자에서
소금눈이 내리고 소금비가 내리는 창밖에서
당신이 조금씩 남긴 것을
쓸어 모으겠어요
우리의 노동을 받아주세요

호수에서, 사막에서, 동굴에서, 시장에서, 관청에서, 광장에서,

떠가는 구름에서, 지평선 너머 지구 반대편에서

지구 반대편까지 돌아오는 당신, 당신을 고요하게 일으키고 싶
어요

당신을 석탑처럼 서서히 쌓아 올리겠어요

햇빛의 도움을 받아 땀을 뚝뚝 흘리고

달빛의 도움을 받아 번지는 불가능을…… 꿈꾸었어요

오늘은 이것뿐입니다

죽어가는……

당신에게 펼쳐 보이는 더러운 손바닥 위에 소금 씨앗들,

내 손에서는 더 이상 자라지 않는 그것은,

어떤 詩 4

네가 나를 찾아서 돌아다니는 장소들이 궁금해.

너는 어디에 있는 나를 기억할까.

너의 상상력은 나를 어디까지, 어디까지 데려갈 수 있을까.

나를 상상하는 너를 상상하면 나는 네 주위를 맴돌 수 있을까.

너를 상상하는 나를 상상하면 너는 내 품으로 걸어 들어올 수 있을까.

너는 나를 물끄러미 들여다본 적이 있었다, 한참을. 그리고 모르는 사람이라고 중얼거렸지.

미안합니다, 너는 사람을 잘못 봤다고 몹시 부끄러워했어.

내가 사람 모양을 하고 있구나, 그때 나는 생각했지.

너는 왜 부끄러울까.

그때 너는 다른 시간 속으로 후다닥 뛰어갔다.

그때 나는 너의 등 뒤에서 비처럼 쏟아졌다.

내가 비 모양을 하고 있구나, 그런데 내 모습이 그렇게 변할 걸 사람들은 어떻게 알았을까.

기다렸다는 듯이 사람들의 머리 위로 검은 우산이 둥실둥실 떠다니기 시작했어.

사람들은 거의 젖지 않았어.

그리고 너는 그날 빗속에서 나를 찾으러 어딜 그렇게 하염없이 쏘다녔을까.

박진성

다섯 개의 계절 외

1978년 충남 연기 출생. 2001년 『현대시』 등단.
시집 『목숨』 『아라리』 『식물의 밤』.
〈시작작품상〉 등 수상.

다섯 개의 계절

계절이 다섯 개가 있다면 한 계절은 죽어 있어도 된다면 나는 너의 무덤에 있을 거야, 네 번째 계절이 끝나는 곳에 나무를 떨어뜨릴 거야 감정 노동자의 감정을 제거할 수 있다면 그리고 초록이 지겨운 초가을의 나무들을 닫을 수 있다면 다섯 번째, 다섯 번째, 자, 이렇게 시간은 흐른다,

나무들이 맹목을 버린다면 우릴 쳐다보는 모든 눈동자들이 흰자위만 남는다면 구름처럼 구름 아래의 구름처럼 아래의 아래의 …… 빙빙 도는 새들이 떨어진다면 아이들이 갑자기 노는 일을 중단한다면 다섯 번째, 다섯 번째 꿈이 시작된다 잠들 수 있다면 쫓기고 있어요, 네 꿈의 창백한 환자가 내 꿈으로 이동한다면 안아줄 텐데

자신이 가여워서 우는 사내를 네가 본다면 없는 죄를 만드는 사내의 입술을 본다면 말의 힘줄과 말의 불안과 말의 꽃들을 네가 밟는다면 다섯 번째 계절엔 병원이 없을 텐데 안녕 지하실들아 모든 시간들이 모이는 바닥들아 네가 그곳에 눕는다면…… 너의 아래를 기어 다닐 수 있다면 시간이 사라질 텐데 날씨가 악기가 될 수 있을 텐데 악기의 북쪽으로만 만든 음악일 텐데 계절이 다섯 개가

있다면

　그렇게 죽어 있어도 좋아 죽은 말들만 모아 일기를 써도 좋아 세상에서 가장 가벼운 책을 물고 너의 해안으로 모든 물고기들이 몰려들 텐데 가라앉으리라 가라앉으리라 떨어지는 먼지들과

검은 새…… 간다

그림자가 머물 수 없는 공중에서 다시, 그림자 만들어 열고 들어가는 검은 새여. 여름밤은 짧다. 새의 부리를 만져볼 수 있다면 리듬을 나도 가지겠지만 나의 허기는 부리를 만들지 않았다. 검은 새…… 간다. 검은 새는 티베트를 모른다. 빙하의 흔적을 모른다. 서쪽을 만들지 않는 나의 기도를 모른다. 천국을 도화지에 그려보던, 검은 새 날아가던, 그 여름밤, 새들의 짧은 종아리를 나는 본다. 혼자 견디려면 애인아, 새가 천공과 다투는 곳에 그림자를 모아야 한다. 가슴 붉은 새와 여름밤의 친화력을 알아야 한다. 검은 새…… 간다. 물마루…… 피의 맛…… 미치광이를 노래하는 애인아. 신의 그림자를 지우는 애인아. 맹목에서 태어나는 그림자, 짧은, 우리의 노래들은 불모지를 겨누리라. 초록. 초록. 초록. 밤에 새를 그렸다가 허무는 맹목의 리듬아. 검은 새…… 날아간다, 이 활자들 벗어나야 티베트를 묻는 새가 너의 그림자에 입장할 것이다.

숨은 눈

풀밭에 고양이가 있어

나를 쳐다보는, 움직이지 않는 고양이가 있어

밤인데 어두워지지 않는 밤이 있어

빛인데 제 눈동자에 밤을 가두고 있는 빛이 있어

사람들이 죽는, 죽어나가는 이곳에서

어려운 곳에서

어려운 밤을 걷는 발들이 있어

고양이의 두 눈 사이로 쏟아지는 좁은 길이 있어

고양이만 걸어갈 수 있는 애도의 길이 있어

애도의 피로와 슬슬 쓰러지는 슬픔이 있어

얼굴 없이 표정 없이

계속되는 기도가 있어

고양이의 한 입술과 나의 발에서 무너지는 한 입술이 있어

침묵에 대해선 최선을 다했다고 우는, 울고 있는

벌어지는 입술이 있어

어려운 죽음들을 쳐다보는 숨은 눈이 있어

고양이와 나 사이에는 투명한 유령이 있어

내레이션 없이 동작 없이

완성되는 무언극이 있어

사람들이 죽는, 죽어나가는 이곳에서
침묵을 빨아 먹고 침묵 자체로 발광發光하는
형광의 눈이 있어
자연사가 아닌 모든 죽음들의 무덤이 떠가고 있어
고양이에게로, 저, ㅣ씨ㅣ씨의 슬픔에게로
걸어가지 못하는, 절뚝이는 슬픔이 있어

식물로 그린 그림

우리는 이 방으로 식물들을 가져왔다 벽지가 있고 책장이 있고 허기가 있는 방으로 우리는 식물들을 가져왔다 그게 얼굴이 될 줄은 몰랐지 그게 이 방의 표정이 될 줄은 몰랐지

눈의 자리엔 나뭇잎만 얹어놓고 단 한 장의 나뭇잎만 떨어뜨려 놓고
우리는 입과 귀를 찾으러 봄의 끝까지 가봤다

귀를 찾는 일은 귀로 기도를 해보는 일, 우리는 서로의 귀를 만져보았다 꽃이 지고 있었다 이제 막 진 꽃을 귀에 걸고 돌아오던 저녁이 있었다

꽃으로 입을 짓는 일은 꽃의 소리로 기도를 해보는 일, 우리가 우리의 방으로 우리를 버리고 돌아오던 저녁이 있었다

그리고 우리는 창문을 열어두었지
그리고 정오에 가끔씩 밤이 강가로 가는 것을 보았다*
그리고 자정에 가끔씩 나비가 이 방으로 취하러 오는 것을 보았다

나비가 코의 자리에 앉아 얼굴을 완성하는 걸 어둠 속에서만 보았다 서로의 얼굴이 궁금할 때마다 그 방을 열어보곤 했다

　식물로 그린 그림, 식물의 마음으로 갈아입고 우리는 자주 계절 밖으로 떠났다가 돌아왔다

* 밀란 쿤데라 : 정오에 가끔씩 밤이 강가로 가는 것을 보았다.

흡연 구역의 날들

이 연기들은 시작입니까 끝입니까. 연기 속에서, 우리는 왜 모여 있습니까. 저 전화기에서 완성되는 거짓말은 입술의 것입니까 기계의 것입니까. 저 사내는 왜 우는 사람처럼 보입니까. 연기 속에서, 떠나는 사람이 도착한 사람에게 불을 빌릴 때, 다른 걸 가져가는 것 같지 않습니까. 불을 달고 반복을 내뿜으며

이상하지 않습니까. 산책을 나와 당신들과 섞인 나는 떠나는 사람입니까 도착하는 사람입니까. 골목 속에서, 우리는 왜 생계비를 걱정하며 이것을 피우고 있습니까. 연기 속에서, 연기는 불행의 편입니까. 광장에서, 광장으로, 목적지들은 쏟아집니까. 폐를 돌아나와 떠도는, 이것은 혹시 여행자가 아닙니까. 바다로, 우리는 늙은 게처럼 모여 있습니까. 잔혹한 심장을 가진 늙은 게*의 등을 만져본 적이 있습니까. 우리의 간격은 언제까지 지켜집니까.

나는 왜 당신의 두개골에서 유골을 봐야 합니까. 꽃으로 들어가는 저 얇은 발은 우리의 연기와 닮지 않았습니까. 곧 기체로 변할 이 고체에게도 감정이 있질 않겠습니까. 연극적이지 않습니까. 저 광장의 아이는 우리를 쳐다보며 마임을 배우지 않겠습니까. 연기 속에서, 재앙은 가장 가까운 곳에 있다고, 저 작은 개는 짖고 있습

니까. 우리는 잘 듣는 사람이 되어가는 것 같지 않습니까.

　조금 더 죽었다는 저 안도를 따라 우리도 곧 가야 하지 않겠습니까. 그렇다면 나는, 우리들이 뿜어낸 질문들입니까. 다시, 질문들 속에서, 이 연기들은 시작입니까 끝입니까.

* 장미셸 몰푸아 : 잔혹한 심장을 가진 늙은 게.

어떤 검은 이야기

네가 이곳을 슬픔의 끝이라고 부르는 것이다

시간일까 공간일까 나는 골몰하면서 나는 십자 유리창을 바라보면서 말들을 잃는 것이다

잿빛, 잿빛, 햇빛…… 이월의 나무에게 물어보는 것이다

불을 끄고 몸을 끄고 샤워를 하던 밤처럼, 밤의 물처럼, 어두워지는 것이다 젖는 것이다

이곳은 태반 같구나, 이곳은 너의 몸속 같구나, 질문들이 열리는 것이다

너를 겪고 나는 다른 계절을 입었어 애인아,

너의 귀는 꼭 죽은 것만 같고 겨울의 빛 속으로 다정하게 녹을 것만 같고

몸 없이 마음 없이 공중에서 빛들이 죽는 것이다

빛에는 철학이 없고 네가 없고 눈과 코와 귀가 없지만 어둠의 입구가 있는 것이다

네가 그곳으로 들어가는 것이다

빛이 없으면 어둠도 없으리, 죽은 자의 뒷모습을 끌고 네가 사라지는 것이다

말들이 사라지고 이미 시작된 나의 죽음을 한 번 더 밀어보는 것이다

세계의 모든 밤들이 네가 사라진 자리에서 시작되는 것이다
살아 있는 것처럼……, 영원히 엉킬 것처럼
말라 죽은 나무가 다른 나무에게로 쓰러지는 것이다

물속의 눈보라

우리는 가만히 앉아 손톱 사이로 들어오는 세계에 대해 말하면 안 되나요 거울 속엔 눈보라, 그리고 걸어가는 사람들 천천히,

몸이 없는 바람과 마음이 없는 유리 그리고 밤하늘을 데려가는 별자리에 대해 말하면 안 되나요

어제 죽은 사람은 모두 서른일곱 명, 유리에 붙어 우릴 보고 있는 좀비들, 자, 우리의 손톱으로 들어올 수 있어요

손가락이 모자라요
노래는 넘치죠

시계는 시계의 세계에서 돌고 우리는 시간이 없는 것처럼 그리고 그림자를 데리고 사라진 태양에 대하여,

속눈썹에 앉아 있는 세계에 대해 말하면 안 되나요 거울 속엔 여전히 눈보라, 그러나 갈 곳이 없는 식물들, 다른 피로 모든 곳을 갈 수 있다고 다른 피로 당신은 말하겠지만

물에서 녹는 긴긴 눈, 청어보다 더 푸른 것들에 대해 말하면 안 되나요

청어가 좋아요
먹어본 적이 없으니까요

긴긴 지느러미들, 우리가 물속에 있다고 말해주는 사람을 만나면 안 되나요 구멍은 없어요 우리가 구멍이니까요 흐르는 흐르는 물속의 눈보라,

물속에서 다 녹아버린 눈들에 대해 우리는 말하면 안 되나요

이수명

풀 뽑기 외

1965년 서울 출생. 1994년 『작가세계』 등단.
시집 『새로운 오독이 거리를 메웠다』 『왜가리는 왜가리 놀이를 한다』 『붉은 담장의 커브』
『고양이 비디오를 보는 고양이』 『언제나 너무 많은 비들』 『마치』.
〈현대시작품상〉 〈노작문학상〉 등 수상.

풀 뽑기

풀 뽑기를 했어요. 모두 모여 수요일에 풀을 뽑았어요. 목요일에 뽑은 적도 있어요. 풀이 자라고 계속 자라서 우리도 계속 모이고 모였어요. 풀이 으리으리해요. 토마토밭에 들어갔다가 상추밭에 들어갔어요. 풀을 뽑다가 토마토도 뽑고 상추도 뽑았어요. 이게 무슨 풀이지? 물어도 아무도 몰라요. 풀은 빙빙 돌고 풀은 무리 지어 부풀어 오르고 풀은 울음을 터뜨리고 풀은 서로를 뚫고 지나갔어요. 풀은 텅 비어 있어요. 풀은 반들반들 빛났고 더 이상 반짝거리지 않았어요. 풀에 가려 아무것도 보이지 않았어요. 풀 속에 숨어 아무도 보이지 않았어요. 풀을 뽑다가 풀 아닌 것을 뽑았어요. 미나리도 뽑고 미나리아재비도 뽑았어요. 풀 한 포기 없었어요. 그래도 모두 모여 풀을 뽑았어요. 우리는 계속 풀 뽑을 사람을 찾았어요. 풀이 으리으리해요.

너는 묻는다

숲 속에서 네가 나왔는데 화분을 들고 서 있었는데 화분에는 아무것도 심어져 있지 않아서 아무것도 볼 수 없었다. 나는 너에게 말했지 화분은 단단하지 않다고 네가 붙잡는 대로 이리저리 일그러지고 있다고. 너는 말했지 시신을 찾는 사람들이 여태 숲 속에 있어서 숲은 이루어진다고. 하지만 시신이 텅 비어 있어서 시신에는 아무것도 심어져 있지 않아서 시신이 없다. 처음에 없다. 하지만 시신을 찾는 사람들이 여태 숲 속에 있어서 숲을 늘리고 늘려서 그렇게 숲을 들치고 마침내 시신이 발견되는 것이다. 시신으로 나를 몰아내는 것이다. 나는 없다. 처음에 없다. 시신이 웃는다. 숲 속에서 네가 나왔는데 너는 누구의 시신인가 너는 화분을 어디에 놓으면 좋을지 묻는다.

소방차

그가 다가왔을 때 그의 뒤로 소방차가 지나가고 있었다. 그는 먼저 호수를 물었고 나중에는 농장을 물었다. 나는 호수에 대해 농장을 말했다. 내가 말하는 동안 그는 오리를 호수에 던졌다. 농장에 떨어뜨렸다. 오리는 조심조심 걷고 싶은데 깃털들이 한곳으로 날아가버리고 싶은데 허공에서 빙빙 돌다가 다른 오리에게로 가서 내려앉고 싶은데 그는 오리를 던져버렸다. 흙먼지 달리는 거리로 소방차들이 달리고 소방차를 닫아걸고 소방대원들이 달리고 소방호스를 꺼내는 걸 잊어버리고 달리고 불타는 오리는 없었다.

연립주택

이 연립주택
공동주택
여기부터 집이다.
여기부터 집이 연립되고
연립에 도달한다.
여기 어딘가에서 사람들이 갑자기 나타나고
다시 연락되지 않는다.
세~탁 외치는 남자가 세탁물 꾸러미를 들고 지나간다.
잠깐만 기다려요
모두 클리닝이 가능하다.
집집마다 헝겊 쪼가리들을 찾아낸다.
쪼가리들과 함께
연립이 사라지리라 그러나
연립에 도달하면
연립을 알 수 없다.
다시 연락되지 않는다.
주택에 몸을 기입하고
저 집에 사는 사람 이 집에 사는 사람이
고정된 연립에서 하루 종일 왔다 갔다 한다.

몸속에 남은 뼈를 스캔해서 내보내며
자신의 얼굴을 보려고 일어선다.
자질구레한 옷가지들을 펼쳐놓고
옷핀을 찾는다.

통영

누군가 나를 깨웠다. 나는 벌써 깨어 있었는데 내가 깨어 있는 것을 잘 몰랐다. 누군가 나를 들여다보고 있었는데 그를 알아볼 수가 없었다. 누군가 나를 깨웠다.

몇몇 사람들이 숙소를 옮기고 있었다. 숙소로 들어가는 사람들과 숙소를 빠져나오는 사람들 숙소를 예약해야 하나요 물어보는 사람들 가까운 데는 없나요

나는 짐 위에 앉아 있었는데 몇몇 사람들이 짐을 밀고 다녔다. 그런 건 아무래도 좋은데 짐 위에 짐이 쌓였다. 고르게 숨을 쉴 수 없을 때 누군가 나를 숨 쉬고 있었는데 그를 알아볼 수가 없었다.

나는 하나도 몸이 없었다.

내가 여기서 집으려 했던 것이 무엇인지 잘 몰랐다. 그럴 땐 잠깐씩 바닥에 깔린 양탄자로 굴러떨어졌다. 숙소를 새로 배정받은 사람들이 긴 복도를 따라갔다. 저기 앞서가는 사람들은 잘 보이지 않았다.

복도 끝에서 누군가 대걸레를 벽에 대고 털었다. 쿵쿵 소리가 오래 울렸다. 걸레는 좀처럼 누그러지지 않았다.

안부 기계

네가 안부를 묻는다. 안부는 이웃에 있다. 안부는 들판에 놓여 있다. 안부가 들판에 쓰러진다. 나는 걸음을 옮기지 못했는데 많은 사람들이 걸음을 옮기고 있었고 저녁이면 걸음을 옮겼고 사람들이 다 같이 옮기는 걸음 속으로 들어가고 싶었는데 사람들이 나를 기다리지 않고 그냥 걸음과 하나가 되어서 걸음 자체여서 나는 그만 걸음을 멈추었는데

네가 안부를 묻는다. 안부는 나를 아프게 하고 안부는 나의 살갗을 파고들고 살갗은 너무 캄캄해 나는 캄캄한 살갗을 여기저기에 걸어둔다. 들판 여기저기에
천천히 굳어가는 돌이 있어
돌을 입에 넣는다.

창문이 되어라

저기 높은 곳에 창문이 있다. 창문이 되어라 네가 창문이 되어 잠이 들면 누군가 창가에 서 있다. 아무도 올라가지 않았는데 누군가 창가에 엎드려 있다. 네가 오늘 나서는 집을 내리누르는 걸음으로 집을 나서기 전에 저기 높은 곳에 창문이 있다. 저기 높은 곳에 창문이 수도 없이 들어 있어 너는 발꿈치도 없이 걸어간다. 너는 손도 없이 파헤친다. 파헤치고 들어간다. 누군가 창가에서 울고 있다. 너는 그만 유리를 다 날라 온 것 같다. 유리에 부딪칠 때마다 유리는 점점 길어진다. 그래도 너는 나른다. 더 나를 수 있을 것 같다. 발꿈치도 없이 더 걸어갈 수 있을 것만 같다. 네가 살지 않는 창문이 되어라 누군가 창가에서 울고 있다. 창문을 다시 꺼내 들고 있다. 네가 그것을 두드리기 전에 벌써

이 원

하루 외

1968년 경기도 화성 출생. 1992년 『세계의 문학』 등단.
시집 『그들이 지구를 지배했을 때』 『야후!의 강물에 천 개의 달이 뜬다』
『세상에서 가장 가벼운 오토바이』 『불가능한 종이의 역사』 『그들이 지구를 지배했을 때』.
〈현대시작품상〉 등 수상.

하루

물 밖으로 던져진 물고기처럼 말라가자
소금과 모래를 동시에 이해하자
햇빛에 타들어가자
내장을 움켜쥐자
빨리 그림자를 잃어버리자
혼자만 아는 비린내가 되자
태연한 척하자
반쪽짜리 인생을 선택하자

(새로 고침)

허공을 열자
안을 칠하자
벽을 세우자
딱 맞는 작은 문을 만들자
문을 닫자
벽과 문은 서로 미쳐가자
노란색으로 뭉개자
지문으로 뒤덮자

(새로 고침)

주렁주렁 익어가는 포도가 되자
검붉어지는 시늉을 알아채지 못하는 포도가 되자

(새로 고침)

제초기를 돌리자
내일이 오지 못하게 언덕의 풀들을 다 깎자
땅속에 있는 것들이 무슨 힘이 있겠니
울자

울지 말자

(새로 고침)

양말을 갈아 신자
허공을 끄자
공기를 끄자

헛것이 되자
밤이 오면 박쥐처럼 보이게 하자
긴 구간을 걷자

(새로 고침)

혹시 아침이면 이를 닦고 사람이 되자
냄새가 나는 구멍마다 진흙을 바르자
하늘과 근친처럼 굴지 말자
냉동고에 보관되었던 것을 기억하자
사선을 긋자
사선을 모으자
테니스복을 찾아 입고 깨끗한 소년 소녀가 되자
라켓을 들고 걷자
언덕이 높은 척하자
다 오르면 녹색 바닥에 흰색 선이 그려진
정직한 코트가 있는 척하자
늘 딱 한 발이 남은 척하자

검은 그림[*]

비행기를 타고 와 커다란 사탕을 줄게
노래를 불러봐
검색대를 통과하면 소리가 달라져
크리스마스가 지났어도
산타와 함께 나타날게
찢어지도록 입을 벌려봐
작은 상자 속엔 양이 있고
울지 못하는 양
귀는 뾰족한 양
비밀이 흘러든 양
상자를 열어봐 절망을 선물해줄게
꼬불꼬불해
손을 활짝 펴고 하늘을 가로질러봐
검은 구름을 줄게
더 이상 눈부시지 않을 거야
두 개의 기다란 창이 나란한 카페에서 차를 마시자
창에는 파도가 멈추지 않는 바다가 들어 있다는 것
창 사이에 숨어 차를 마시자
모든 빛을 버릴 때까지

볼과 입술을 비벼줄게
굿나잇
별을 줄게 파묻을 수 있는 어둠도 함께
긴 회랑을 따라 달려와
내일 보면 좋겠어 나는 내일 멀리 가
산타 앞에서는 입을 크게 벌려
수치를 슬픔으로 위장해봐
공항에 갈게 선물을 줄게

* 고야의 작품에 붙여진 제목.

이쪽이거나 저쪽

우리는 이쪽과 저쪽에서
동그랗고
쫄깃하게 꿰매진 입을 동시에 벌렸다

나는 쏟아지는 눈물을 참자는 신호였는데
너는 잔뜩 토하겠다는 포즈

너는 놀란 척하자는 신호였는데
나는 안이 아프다는 말

이쪽과 저쪽에서
다물어지지 않는 입이 우리라면

끓여도 좋아 온갖 내장까지
미어터지게 먹어도 좋아
경멸과 수치까지

눈보라가 쳤다 열흘째

빛은 칼날만 남은 자의 기도

이쪽에서부터 저쪽까지
그어졌다

오늘 네가 그토록 하찮게 여기던 그가 죽었다
아멘, 우리의 친구

　　(블라인드)

　　(블라인드)

밤낮

햇빛을 파고 들어가는 우리들처럼

녹지 않는 덩어리로 있는 우리들처럼

잎이 달린 가지를 모두 잘리고 있는 가로수처럼

한 손에 든 칼로

사과로부터 껍질을 분리해내고 있는 우리들처럼

사각사각 속살에 침을 흘리는 우리들처럼

창문을 닫는 우리들처럼

울음소리가 나는 곳에서 고개를 돌리는 우리들처럼

가랑비에 우산을 쓰고 집까지 걸어온 나처럼

아이들이 들어 있는 파도를 또 밀어낸 우리들처럼

물속에 잠긴 눈동자를 모르는 척하는 당신처럼

또렷한 눈동자들을 물속에 묻어버린 나처럼

어둠을 뒤집어쓰고 흐느낀 우리들처럼

아이들에게 어둠을 덮어씌운 우리들처럼

아이들의 어둠을 가져온 나처럼

리본을 달지도 않고 몸속이 비좁아진 나처럼

새들에게 안부를 건네준 우리들처럼

새들을 날려 보낸 우리들처럼

낮도 아니고 밤도 아닌 곳에 머물지 못하는 우리들처럼

어둠에 함부로 구멍을 낸 우리들처럼
어둠과 빛을 맞바꾼 우리들처럼
햇빛이 공평하다고 믿는 우리들처럼
빠져나온 손을 상자에 넣어준 우리들처럼
흰 천으로 얼굴을 덮어준 나처럼
꿈에다 우산을 두고 온 나처럼
빛은 본 적이 없다고 말한 나처럼
다시 오른손에는 칼을 왼손에는 사과를 든 우리들처럼
껍질이 길게 늘어지고 있는 사과들처럼
거역을 모르는 기도의 자세를 가진 나처럼
칼은 보인다는 순진한 믿음처럼
낮도 아니고 밤도 아닌 곳에서 빛이 스며 나오는 것처럼

검은 숲 여자

침대 시트는 곧 찢어질 피부처럼 당겨진다
이미 달아난 살가죽처럼 흘러내린다
알몸의 여자는 천천히 웅크린다
그림자는 아무것도 결정하지 않았다 항문이 가렵다

열린 창으로
검은 새 떼가 솟구쳐 올랐다
발과 머리를 떼어낸 것은 눈 깜짝할 사이에 벌어진 일
새 떼는 오로지 몰두한 일
허공이 뜯겼다

여자는 한 손을 베개 밑으로 넣는다 헤집어진 겨드랑이 아래
유방은 달려 있을 뿐 발뒤꿈치는 번번이 놓쳤을 뿐
늘어진 배 속에 배꼽이 있다 배꼽은 영문을 몰랐을 뿐

새들의 발이 여자의 음모에 가 오글오글 붙는다
등은 마른 여자를 벗어나 자꾸 물음표를 만든다
새들의 잘린 머리가 능선을 만들었는지는 알 수 없지만
여자에게 얇고 흰 날개가 드리운 것은

눈 깜짝할 사이 벌어진 일
여자에게는 전 생애가 걸린 일

눈을 감고 있다 귀는 열려 있다 여자는 모른다
입은 기억이 지웠다 새파래지는 힘줄들이
식어빠진 무덤을 열고 있다
베개에 머리를 파묻는다 여자는
잃어버린 것이 생각났을까 새 떼의 몸통이
여자에게로 달려든다

검은 숲 여자 뼈가 구부러진다
뼈는 서투르다 아직 멀었다

기둥 뒤에 소년이 서 있었다

모두 소년을 보았다

입을 꼭 다물고 있었다

울음이 터지기 직전의 얼굴들이었다

기둥 뒤에 주황색 티셔츠를 입은 소년이 있었다

나란히 서서 나란히 지는 꽃들이 있었다

항아리에 가만가만 꽃잎이 내려앉던 환한 날들 있었다

달빛에 첨벙첨벙 맨발을 담그고 건너온 같은 밤들 있었다

기둥 뒤에서 소년이 지워지고 있었다

살아 있는 것들은 모두 빠져나간 후였다

나무들은 대부분 한 색만 고집했다

테이블에는 흰 케이크

불이 오길 기다리고 있다

말이 땅을 찍어내며 목숨 밖으로 뛰쳐나갔다

거위남자를 따라갔던 밤

깜깜해서 손을 잡고 걸었지요
발소리는 둘밖에 없어서

돌멩이 같은 마음으로도

손을 감싼 손은 참 컸지요
계절을 깜빡 잊어버리기 좋았지요

점점 밤 속으로 들어가는 기분
유일한 기분
하나둘 벗어던지는 기분

키 따위가 무슨 상관이야
손과 손은 어떻게든 잡을 수 있도록
만들어졌다는 것이 신기했지요

악력만 있다면

뺨을 쓰다듬으며

넓적한 것은 펄럭였지요

같이 날아올라보는 거야

날개였을까
날개를 펴서 더 어둡게 만들었던 것일까
가리는 것이었을까

발을 굴렀던 것도 같습니다

넓적한 것이 쓰다듬을 때
뺨은 펄럭였어요

바람이 좋았다고요

세상은 밝아오면 안 되는 것이었지요
그러나 밝아오는 세상을 어떻게 막을 수 있나요
그 날개 하나로

베었는지 몰랐어요
금으로 빛이 스며들기 전까지는요

얼굴이 뒤죽박죽이지 뭐예요
축축한 날개 한쪽으로 머리를 덮어주고 있더라니까요

그때에도 거위남자는 눈알을 떼룩떼룩 굴리고 있더라니까요
뻑뻑하게 지구 돌아가는 소리가 났어요

굳게 닫힌 부리를 믿었었나 봐요

최문자

트럭 같은 1 외

1943년 서울 출생. 1982년『현대문학』등단.
시집『귀 안에 슬픈 말 있네』『나는 시선 밖의 일부이다』『사막일기』『울음소리 작아지다』
『나무고아원』『그녀는 믿는 버릇이 있다』『사과 사이사이 새』『파의 목소리』.
〈박두진문학상〉등 수상.

트럭 같은 1

언제나 마지막 얼굴은 빈 트럭
이것이 가끔 나였구나

짐을 잔뜩 실어놨는데 길을 잃다니
검은 하늘을 올려다본다
밤에 술술 빠지는 머리카락처럼
별들도 길을 잃는다
이것이 누구의 짐이든
검은 눈알이 달린
그런 짐이 트럭 한가득

트럭과 짐은 관념이 아니다
사람처럼
머리카락처럼
질병처럼
내뱉어지는 데는
사로잡히는 데는
짐과 짐 사이 허공
꾸욱 누르는 데는

목에 걸리고
시간이 걸린다

늦은 저녁
낡은 바퀴를 달고
검은 트럭 한 대가 덜컹거리며 돌아온다
떨궈진 그것이 누구의 눈알이든
거기 놓고 벌판을 달려왔다

하루의 시동을 꺼트리고도
트럭 같은
핸들을 잡았던 푸른 손목을 비추는 더 푸른 달빛
달빛마저
트럭 같은

빠따고니아[*]

여기는
빠따고니아에서 가장 먼 곳
어제는
남루한 도시를 뚫고 미지근한 공기들이 20층까지 올라왔다
한소끔 불 땐 그런 상자 안에서
여자들이 아팠다
별들과 멀어질수록
더 많이 아팠다

나도 어제는 많이 아팠다
빠따고니아를 다녀온 후 다시 빠따고니아로 가고 싶어서

다시 찾아오지 말라는 안내표지판을 분명 기억한다

알아, 그런데 오늘
아무런 서사도 없이
빠따고니아를 여러 번 불렀다

그때도 이러다가 빠따고니아 구름처럼

죽으려고 흘러간 적이 있다
얼음 절벽에 구름의 피가 되려고 붉은 적이 있다

여기는 별에게서 가장 먼 곳
여름에 더 눈물 나는 여자들
많이 아프다

아무런 서사도 없이
오늘 나는 빠따고니아를 여러 번 발음해보았다
빠따고니아, 빠따고니아——

저녁
풀밭으로 가는 버스를 탔다
나보다 더 아픈 자들도 탔다
빠따고니아로 가는 것처럼 붉은 구름 밑을 달렸지만
빠따고니아에서 가장 먼 곳으로 가고 있었다

* 남미 최남부 칠레와 아르헨티나 양국에 걸쳐 있는 반건조성 고원으로 50여 개의 빙하로 덮여 있다. '빠따고니아'는 '파타고니아'의 문화어.

손의 幻

손은 슬픈 일기를 쓰고 나는 눈물을 닦는다 일기를 쓰는 동안 나는 얼마든지 손을 용서해주고 있다

나에게서 나왔는데 물고기로 가득 차 있다 지느러미처럼 얇은 생각에게서 비린내가 난다

파란 접시를 깨뜨리고 너무 많이 울어본 손이 일기에다 썼다
부서뜨린 기억이 없다
마리아가 태어나던 손이다 라고

봄밤, 그가 손을 내밀면 자꾸 삼켰다
물고기들이 그의 손을 삼켰다
발이 되도록 아팠다

종점에 개 한 마리 오래오래 서 있다
자꾸 손을 내민다
개가 손이 되려고 한다
그래, 오늘 한 손은 개처럼 쓰자

나는 얼마든지 손을 용서해주고 있다

별과 침

세상은 침으로 가득했다

짐승처럼 서로 먹이를 바라보다 침을 흘렸다

아무도 침을 닦아주지 않았다

가끔 흐르는 침을 참을 수 없어서 산으로 갔다

밤자작나무들이 새파란 침을 흘렸다

이파리 다 따버린 검은 바위들도

무릎 꿇고 침을 흘렸다

뿌리를 갉아 먹다 세상으로 나온 미물의 입술에도

죽은 버섯의 어깨에서도

침 냄새가 났다

눈물을 참듯 침을 참고 하산할 때

얼마든지 침을 삼키고도 반짝이는 별을 보았다

침에 젖지 않으려고 붓을 말렸다

별빛으로 붓을 말렸다

걷는다

나는 내가 무서워 어제와 똑같은 것이 무서워 피보다 붉게 빛나려는 내가 무서워 눈물 없이 우는 작은 꽃들도 무서워 삶 어디 어디에 가서 나는 자꾸 작아지고 있을 텐데 작은 게 무서워 나는 나에게 없는 것이 무서워 무서움을 머금고 걷고 또 걸어 오늘보다 닿지 못하는 어제가 더 무서워

비 오는 날은 정말 무서워 나를 씻어주고 달아나는 백색의 물이 무서워 무서우면 뒤집어쓰던 새하얀 홑이불도 무서워 옆에서 까맣게 흐느끼는 밤이 무서워 아무것도 막아줄 줄 모르는 커다란 눈망울만 달린 보름달이 무서워

오늘 TV는 아름다운 부분만 방영하네 아름다움이 쏟아질 때마다 나는 무서워 아름다움을 재미없는 책장처럼 넘기는 턱없는 내가 무서워 몇 페이지 남아 있지 않은 페이지를 계속해서 더럽히는 내가 무서워

창문틀까지 눈물이 달린 내 방이 무서워 누군가 문밖에 서서 나를 부르면 나는 제일 무서워 나 아닐까봐, 나일까봐

청춘

파랗게 쓰지 못해도 나는 늘 안녕하다
안녕 직전까지 달콤하게 여전히 눈과 귀가 돋아나고 누군가를
오래오래 사랑한
시인으로 안녕하다
이것저것 다 지나간 재투성이 언어도 안녕하다

삼각지에서 6호선 갈아타고 고대병원 가는 길
옆자리 청년은 보르헤스의 『모래의 책』을 읽고 있었다
눈을 감아도 청년이 파랗게 보였다
연두넝쿨처럼 훌쩍 웃자란 청춘
우린 나란히 앉았지만 피아노 하얀 건반 두 옥타브나 건너뛴다
난삽한 청춘의 형식이 싸락눈처럼 펄럭이며 나를 지나가는 중
이다

안녕 속은 하얗다
난 가만히 있는데
여기저기 정신없이 늘어나는 재의 흔적
아무도 엿보지 않는 데서
설마, 하던 청춘이 일어나서 그냥 나가버렸다

청춘이 아니면 말없는 짐승처럼 고요하다

고대 앞에서 내릴 때
새파란 보르헤스 청년이
하얀색으로 흔들리는 내 등을 보고 있었다

자욱한 믿음

나는 하나님 가슴에 달린 헛바퀴
어제 다시 죄짓고 돌아와서
공기 다 빠진
손가락으로 그의 심장을 어루만지면
과연 두근거림에 닿을까
파문만 남기고 흘러가고 없는 기도 시간
하나님이 잘 보이지 않아 고백은 더듬거렸다
하나님은 자욱했다
오늘도 하나님 가장 은밀한 곳에서
헛바퀴가 돈다

가까이서 불러보면
물방울뿐인 하나님
수분이 깜박일 동안 자욱하다
파랑을 젖히고 초록을 젖히고
극채색의 눈꺼풀로 떨고 있다
아, 하고 낯설고 위험한 바퀴를 벌리면
곧 잃어버리는 하나님

황성희

편식의 속사정 외

1972년 경북 안동 출생. 2005년 『현대문학』 등단.
시집 『앨리스네 집』 『4를 지키려는 노력』.

편식의 속사정

어머니께서 밥 속에 모래를 한 숟가락 넣는다. 잔디도 한 줌, 나무뿌리도 몇 개, 조개껍데기도 약간. 그 위로 날계란 하나를 깨트리고, 양파를 다져 넣고, 마지막으로 침을 뱉는다. 그것이 내가 먹을 밥이 아니라고 생각했을 때는 어머니가 예술을 한다고 생각했다. 심지어 나는 마당을 굴러다니는 마른 개똥을 집어드리기까지 했으니까. 어머니가 그 밥을 내 앞에 내려놓으셨을 때, 그때까지만 해도 나는, 내 앞에 밥그릇을 놓는 것까지가 식사의 일부라고 생각했다. 그것이 내 앞에 놓여야만 더 사실적일 거라고, 그것이 두고두고 회자될 이 식사의 명장면이 될 거라고 생각했다. 그것도 아니라면, 어머니께서 숟가락과 젓가락을 내 손에 쥐여주시며 골고루, 꼭꼭 씹어 먹으라고 하셨을 때, 그것이 놀란 내 얼굴을 클로즈업하며 끝나는 이 식사의 엔딩이어야 했다. 그러나 이 밥의 시작과 마찬가지로 이 식사의 끝은 내가 원할 때 오는 게 아니었다. 자리를 박차고 일어나는 상상 대신 나는 젓가락으로 모래알부터 골라내기 시작했다. 기어코 맨밥을 먹을 작정이었다. 이것이 내가 어머니께 보여드릴 수 있는 식욕의 전부다. 그러니 제발 내가 편식을 한다는 오해는 하지 말아주길.

지금을 기어가는 개미

개미는 아직

진행 중이다

발자국 같은 것

아무것도 아니다

흥얼거림을 멈추고

갑자기 나타난 나는

마치 별 같다

반짝반짝

보였다 안 보였다

있긴 있지만

너무 먼

다시 한 번 내게

엄마가 생긴다면

기필코 없애버릴 텐데

그래도 나는 남겠지만

콧물에 대한 신념

팔 속에서 팔이
찰랑찰랑거린다
다리 속에서 다리가
출렁출렁거린다

멀리 가로등 불빛처럼
애처롭게
몸 안을 밝히는 심장

이 얼굴 하나를
사실로 만들기 위해
살아온 수십 년

혹시 들켰을까
나는 나에게
단 한 번의 사건이라는 걸

갑자기 발을 멈춘다
내 속에 담긴 나를 쏟지 않으려

안간힘을 쓰느라 불거진 뼈마디

버스를 기다리는 저 할머니는
대체 무엇을 포기하셨길래
아무 때나 쏟아져도 상관없다는 듯
코를 풀고 계신 것인지

하긴 어떤 휴지가
콧물을 의심하겠는가

눈부신 사생아

눈이 부시다
어디서부터 잘못된 걸까
흔하디흔한 눈물이 난다
어깨가 눅눅한 채로
하루가 간다

거실 바닥을 울리는 발소리
맨살에 와 닿는 바닥의 감촉
거짓말이 거짓말에게 하는 참말

당신이 태양이라는 확신만 있다면
가지를 비틀어 뻗치는 일이
이토록 두렵지는 않을 텐데

맨 처음 나에게
나를 버리고 간 사람은
누구일까

뿌리 없는 자식이라고 제발

누가 좀 놀려주었으면
이제는 나도 다 컸으니 제발
출생의 비밀 같은 것
사실을 말해주었으면

개의 복수

오늘 나는 그에게
그가 개라는 것을 처음 알려주었다
그는 별로 놀라지 않았다
자연스럽게 입을 벌리고 멍멍 짖고
소파 밑을 쿵쿵대며 네발 보행을 했다.
나는 의아한 한편 걱정도 되었다
하루아침에 개가 되었다는 것에 아무 불만이 없다니
개는 세탁기 옆으로 가 다리를 들고 오줌을 갈기더니
빨래걸이 옆 쓰레기봉투를 뒤지기 시작한다
나는 개 밥그릇에 우유를 부어준다
너는 이제 갓 태어난 어린 개라는 말도 잊지 않는다
그러나 왜 이렇게 두려움 없는 눈동자를 가진 것이냐
라고는 묻지 않는다
너는 왜 나를 궁금해하지도 않는 것이냐
라고도 묻지 않는다
대신 나는 오늘 만날 약속 상대에게 전화를 건다
그는 얼마 전에 자기 어머니 때문에 말이 된 사람이다
고삐 때문에 방황할 때 내가 도움을 준 적이 있다
나는 말에게 개의 상태를 말해주었다

마치 처음부터 개였던 것처럼 개같이 굴고 있다고
말은 히히히힝거리더니 내게
사람이 된 지 올해로 몇 년이냐고 묻는다
순간 나는 손님이 온 척 서둘러 전화를 끊는다
개는 물티슈를 질겅질겅 씹으며
물지럭한 똥 덩어리를 엉덩이로 뭉개고 있다
이 세계의 한켠에 유유자적 똥칠을 하고 있다

이상하게 착하고 부지런한 사람

너무 오래 이상하지 않았다
왼쪽 오른쪽 다섯 개씩 열 손가락
숨을 쉴 때마다 나는 숨소리
운전을 해서 도서관을 다녀왔다
색종이는 문구점에 많음에도 불구하고
이상하지 않은 지는 오래되었다
상인동에 잠깐 살았던 적이 있는데
계산성당 옆에는 이미 초가집이 없었다
트렁크에는 쓰레기가 가득했고
거실에는 지금 전깃불이 환하다
소파의 빵가루를 수건으로 털어낼 때
남은 한 손으로 허리를 짚었었다
나는 아직 아버지의 이름을 기억하고
어머니에겐 간혹 친밀감도 느끼는데
형제들은 모두 장성했고 어디 사는지도 알지만
이상하지 않은 지가 너무 오래되었다
입속에 밥을 넣고 씹다가 삼키는 것도 그렇고
이대로 오줌 누다 끝나도 용서할 것 같다
태양을 등지고 터덜터덜 걷다 보니

다리는 무릎 때문에 구부러지는 게 분명한데
벌써 쓰레기차가 올 시간이라니
그래도 집중은 잘하는 편이어서
아침마다 내가 되는 일을 빠트린 적은
아직 없다

붉은 사과의 습관

있잖아요 '아까'라는 말 알 것 같아요
지난 일을 회상하며 지금 속에서 흘러갈 때
당신은 진짜 같아요
물론 방금 보신 건 제 엄지가 맞지만요
여기선 다들 그렇게 불러요
갑자기 태어나서 그런 건지
시시하지만 두려운 것투성이에다
싸우고 싶은데 이길 자신은 없지요
시도 때도 없이 주먹을 불끈 쥐는 건
이 별에 와서 생긴 습관이에요
우습게 보이진 말아야지요
붉은 사과를 사용할 줄은 알지만
그런데 사과는 어쩌다 생겨난 건가요
이제 그만 일어나야 하는데
저절로 사라지기 전에 보란 듯
땅이 꺼지게 박차고 일어나야 하는데
근데 있잖아요
아까부터 누가 나 부르지 않아요?

역대 수상시인 근작시

황동규

나폴리 민요 외

1938년 서울 출생. 1958년『현대문학』등단.
시집『어떤 개인 날』『풍장』『외계인』『버클리풍의 사랑노래』『우연에 기댈 때도 있었다』
『비가』『꽃의 고요』『겨울밤 0시 5분』『사는 기쁨』등.
〈현대문학상〉〈대산문학상〉〈미당문학상〉〈만해대상〉등 수상.

나폴리 민요

명예교수 휴게실에서 문학의 죽음에 대해
대책 없는 토론을 벌이다 채 끝내지 못하고 나와
(이거 한평생 헛발질한 거 아냐?)
차 시동 걸고 오디오를 켠다.
옛 테너 스테파노가 부르는 나폴리 민요,
순환도로에 오르자 시야 가득 벚꽃 휘날린다.

창을 열고 천천히 차를 몰다 인도에 붙이고
노래 몇 곡을 같이 흥얼댄다.
삼십 년 전
귤꽃 향기 뇌 속까지 밀고 들어와 벌 떼처럼 웅웅댈 때 만난
나폴리 해안에 와 부딪치던 새파랗게 파란 물결
지금도 몸 저릿저릿하게 치고 있겠지.

노래에 끌린 듯 차 안으로 날아든 꽃잎 두엇
얼굴을 스친다. 나도 모르게 몸이 저릿저릿,
스르르 눈 감기고 정신이 깜빡, 그런데 여기가 어디지?
산타루치아성당이 올려다뵈는 곳? 허나 눈앞에는
새파란 물결만 출렁인다.

하긴 나폴리가 나폴리에만 있겠는가?
태안군 안흥,
해수욕장 생기기 전 보길도 예송리에서도
새파란 봄 물결 온몸 저릿저릿하게 출렁댔지.
꽃잎 몇이 이번엔 머리와 손등에 앉는다.
그래, 펄럭이던 문학의 불꽃 그만 폴싹 꺼진다면?
문학이 어디 문학에만 있겠는가!

풍경의 풍경

풍경으로 끝나지 않는 풍경이 있다.
그동안 마음속에 들어와 자리 잡았던 대부분 풍경들
옛 사진처럼 누렇게 바래다 뒤로 제껴진 추억들이 되었다.
입대 조금 전 초여름 저녁
도무지 풀리지 않는 마음의 응어릴 안고 부석사에 올랐지.
저 멀리 지평선 빙 둘러 엎드린 산들,
풀리지 않는 건 풀리지 않아 좋다는 듯 잠잠히 엎드린 산들,
지척의 범종 소리, 지구를 한 번씩 들었다 놓던.

지금도 마음 어디 둘지 몰라 여기 두리번 저기 두리번댈 때
넌지시 눈앞에 뜨곤 한다.
저 멀리 지평선 빙 둘러 잠잠히 엎드린 산들,
범종 뒷울음으로 하늘을 한 겹 또 한 겹 덧칠하던 일몰日沒……
어, 마음 얻다 놨지?
먼 산 위로 별이 하나 돋는다.
마음 있던 자리가 종소리 떠나간 자리처럼 넓다.

명품 테킬라 한 잔

76년 넘도록 세상의 온갖 산 것들과 두루 숨 나눠 쉬고
방에 잘못 날아든 벌레들과도 숨 따로 쉬지 않고 살았으니,
폐기종 오래 앓다 아침에 숨 걷은 친구
마지막 무렵 가쁘고 갑갑했던 숨결 몇 가닥
내 허파꽈리 어디엔가 묻어 있겠지.

최근 들어 청력이 줄었는지
봄비 유난히 숨죽이고 창에 뿌리는 밤.
테킬라 '호세 쿠에르보' 한 잔 넉넉히 따라 마시고 누워
이 생각 저 생각 두어 시간 보내다
다시 불 켜고 책상에 나앉은 나의 불면에
몇 시간 전 빈소에서 들은
사흘씩 간다는 섬뜩한 불면이 빗물 털며 찾아온들
숱한 불면의 밤 같이 보낸 처지에
어찌 가려 받거나 그냥 돌려보내겠는가?
잘 오셨다, 그대,
모차르트를 밤비 소리보다 한 금만 높게 흐르게 하고
한 모금 맛보고 코르크 마개 마르지 않게 책장 속에 눕혀 간직
해온

명품 '마에스트로 테킬레로Maestro Tequilero' 한 잔
같이 안 하시겠는가?

일 없는 날

아침에 깨어 머리를 이리저리 굴려봐도
할 일 하나도 떠오르지 않는 날,
다시 차근차근 되짚어보다
그래 오늘 하루, 아무 일 없이 보내자.

느지막이 나온 산책 길, 언덕 입구부터
나무들이 붉은색 노란색 옷 갈아입기 바쁘고
다 갈아입은 나무들은
일 다 마친 존자尊者들처럼 서 있다.
먼 길 함께 떠날 일행을 놓쳤는가,
검은 나비 하나 두리번거리며 날아다닌다.
잎을 떨구기 시작하는 몇몇 존자들
투덜대며 떨어지는 나뭇잎은 없다.

길섶에 그동안 뵈지 않던 노박덩굴이 나타나
이것 좀 보시게!
빨간 루비 알알이 박힌 줄기 몇을 내놓는다.

한 줄기 잘라 갈까, 허리 굽히자

잠깐, 루비들 곁에 청설모 하나 스틸 사진처럼 꼼짝 않고 서서
조그맣고 까맣고 한없이 투명한 눈으로
내 두 눈을 빨아들인다. 눈앞에서 시야가 잘린다.
손바닥을 펴 눈앞을 헤저어봐도 강렬한 빛 한복판에 선 듯
사방이 투명한데 앞이 안 보인다.
오늘이 혹시 내가 세상 뜬 다음 날이 아닌가?

마음 어두운 밤을 위하여

세상 사는 일, 봄비 촉촉이 내리는 꽃밭이기도 하고
피톤치드 힘차게 내뿜는 여름 숲이기도 하지만
모르는 새 밝아지는 단풍 길
나무들이 따뜻이 솜옷 껴입는 설경이기도 하지만
간판 네온사인 앞쪽 반 토막만 켜 있는
눈 내리는 폐광촌의 술집이기도 하다.

방 한쪽을 밝히는 형광등 불빛 아래
도토리묵 한 접시와 반쯤 빈 소주병
그리고 술잔 하나 달랑 놓고 앉아 있는 사내,
창밖에 눈 내리는 기척
그 너머론 신경 쓰지 않는다.
눈바람에 꼬리가 언 채 들려오는 밤기차 소리,
영월로 나갈 차인가
아니면 이 거리에 코 박고 잘 차인가,
이래도 좋고 저래도 그만인 소리엔
마음을 얹지 않는다.

들짐승이 달려와 등 비벼대듯 문짝 덜컹덜컹 흔들던 눈바람

언제 그랬냐는 듯 잠잠해지고
가까이서 뉘 집 갠가 혼자 한참 컹컹 짖다 만다.
형광등이 슬그머니 꺼졌다가 다시 단출한 술상을 내놓는다.
이 세상에서 마지막까지 떨치기 힘든 것은
이런 뜻 없는 것들!
허리를 바로 세우며 사내는 혼잣말로 중얼거린다.
그래도 세상의 꼼수가 안 통하는 게
바로 이 저체온低體溫 슬픔, 이런 뜻 없는 것들이 아닐까.

반짝이고 만 시간의 조각들

나도 모르게 왈칵 가슴에 안겨졌던 벅찬 젊음은
어디 주체 못하고 마냥 안고 떠돌기도 한 젊음은
품에 안았던 느낌마저 내놓고 가더라도,
겨울 오후 햇빛, 건물 내부를 온통 눈부신 빛으로 만들어
나도 빛의 일부인 양 황홀했던 시에나대성당 추억 같은 것도
자진해서 반납하고 가더라도,
별 볼 일 없이 반짝대다 마는 삶의 사금파리들까지
치우고 가라고는 않겠지.

희부연한 봄 하늘에 약간 서쪽으로 기운 해
노란 유채꽃밭에 노랑나비 흰나비들 모이고
꼬리 긴 오목눈이 한 떼 약속한 듯 한꺼번에 와르르 날아오르는,
기차는 뵈지 않지만 철길이 알맞은 곡선으로 휘돌고
젊은 남녀가 손잡고 철길을 걷다
뚝 아래로 감쪽같이 사라지는,
부는 듯 안 부는 듯 산들바람 속에
날벌레들 공중에 박힌 조그만 눈들처럼 떠 있는……

여기 어디에 빗자루를 대겠는가?

귀가歸家

세상 하직하게 되어
119에 실려 곧장 병원 중환자실로 옮겨진 후
내가 살던 곳 다시 찾아오리라 생각진 않겠지.

소파 낡고 방바닥도 낡고 오디오 소리마저 낡아버린 아파트에
무얼 다시 듣고 보러 힘들여 오겠는가?
동棟 입구, 최근 너무 무성해 가지치기해서
동네 냄새 다 된 박하나무 향 일부러 맡아보러 오겠는가?
책장 여닫이 칸에 넣고 잊어버린 위스키가 생각나
이미 알고 있는 맛 새로 점검하러 오겠는가?
그렇다고 쓰다 쓰다 힘이 달려 남겨둔 글 조각들
힘 더 새버린 손으로 엮으러 오겠는가?
이도 서도 아니면 지금 병원에 가 있을 아내가
과일 썰다 황급히 자리 뜬 접시 위의
약간 문드러진 사과와 배 냄새 맡으러 오겠는가?

가만, 내가 지금 서성대는 여기는 어디지?

김형영

조선백자달항아리 외

1944년 전북 부안 출생. 1966년 『문학춘추』 등단.
시집 『침묵의 무늬』 『모기들은 혼자서도 소리를 친다』 『다른 하늘이 열릴 때』
『기다림이 끝나는 날에도』 『새벽달처럼』 『홀로 울게 하소서』
『낮은 수평선』 『나무 안에서』 『땅을 여는 꽃들』 등.
〈현대문학상〉 〈한국시협상〉 〈한국가톨릭문학상〉 〈구상문학상〉 등 수상.

조선백자달항아리

네 안에 무엇을 비웠기에
그렇게도 그윽하냐.
팔도강산을 돌아온 바람이냐.
어둠을 태운 빛이냐.
앞태를 보아도
뒤태를 보아도
만삭의 아내만 같아 흐뭇하구나.

생명의 꿈 품안고 있기에
아침저녁 쓰다듬어도
변모한 네 모습 보고 있으면
땅의 숨소리 들리는 듯하다.

하늘을 담은 보름달이여!
오백 년 조선의 어머니여!

수평선 9

이제 네 마음 알았으니
그냥 거기 있어라.
더는 다가가지 않을 테니
달아나지 마라.
너를 그리워할 곳이 여기라면
여기서 기다리마.

한 처음 하느님이
그리움 끝에 둥근 테를 둘러
경계를 지었으니*
그냥 여기서 바라보며 그리워하자.
네 마음 실어 보내는
출렁이는 파도여!

끝끝내 넘을 수 없는 그리움이여.

* 성경 『잠언』 8, 27-29, 『욥기』 27, 10 참조.

부치지 못한 편지

—耳笑堂*에게

네가 떠나던 날
나는 많이 슬펐다.
그날이 어느새 십 년,
살아서도 바쁘더니
죽어서도 뭐가 그리 바쁘더냐.
네 몸은 백골이 다 되었겠다.
흙으로 돌아가는 너,
네가 부럽다.
내 기억 속에 머물고 있는 벗이여!
너를 슬퍼하던 나,
네가 없으니
오늘은 내가 나를 슬퍼해야겠다.

* 임영조 시인의 호.

제4과
―直情言語의 시인들

제1과, 끝끝내 덜 된 집
제2과, 단번에 깨친 듯 거침없는 바람
제3과, 흥에 겨워 허구한 날 노래하는 나무

세 鬼神 사이에 끼어보려고
이날까지 기웃거렸는데
끼어들 틈을 찾지 못했네.

그날이, 그날이 다가와
마지막 숨 몰아서 이렇게 써봐야지.

제4과, 못 지킨 빛 한 줄기.

꿈이기에

어젯밤 꿈자리에
김현이 불쑥 나타났다.
내가 축하 선물로 합죽선을 들고
할랑할랑
오생근 칠순 잔치에 들어서니
김현이 먼저 와서

—너 왔냐?
—어, 형!
—시집 잘 받았다.
　앞으로 5년만 더 열심히 써.
　좋은 일이 기다리고 있을 거야.
—그걸 형이 어떻게 알아.
—나는 다 미리 알잖아.
—그건 그렇고, 형이 여기 어찌 된 일이야.
—오늘이 생근이 칠순이잖아.
　만사 제쳐놓고 왔지.
　다들 모였구만.
　병익이 주연이 동규 원일이

현종이 우석이 광규 정선이
어, 종기도 왔구나.

그런데 문길이는 왜 안 보여.

이제는 급한 일도 없을 텐데
그 크고 화통한 웃음 한바탕 웃어젖히더니
온다 간다 말 한마디 없이 홀연히 사라졌다.
내가 꾼 꿈이니
나하고만 얘기를 나누고는
25년 전 모습 그대로.

이승은 한 점 꿈이기에
우리는 어느새 늙은이가 되었어도
제자리에 앉아 마냥 즐거웠다.
그가 다녀간 걸 모르면 어떠랴.
그날은 고맙고 기쁘고 아름다웠다.

오후 3시에

오후 3시쯤 예수께서 큰 소리로 "엘리 엘리 레마
사박타니" 하고 부르짖었다. ─『마태오복음』27

하루살이 한 마리가 내 방에 날아들었다.
오후 3시에
소리도 내지 못하는 그 작은 날개로.

유리창에 앉아 창밖을 돌아보는 하루살이를
무심한 나의 생각은 눈 깜짝할 사이
그의 목숨을 앗아버렸다.
오후 3시에

누가 그의 죽음을 바랐던가.
창밖으로 쫓아낼 수도 있었다.
그의 남은 몇 시간의 삶을
즐기도록 기다려줄 수도 있었다.

한평생이라야 하루뿐인 시간에도

틈을 내어 찾아온 손님,
그의 사는 참모습과 만날 기회를
순식간에 죽이고 나는 낮잠에 들었다.
오후 3시에

그는 죽으면서 이렇게 말하지 않았을까?
"내 영혼을 당신 손에 맡기나이다."*

그의 영혼
나의 영혼
어디에 차이가 있는가.

그의 영혼의 무게는
초행성만 한지 모르는데,
그의 영혼의 눈에는
태평양만큼 눈물이 고여 있는지 모르는데,
그의 영혼의 가슴은
별을 품고 있을지 모르는데,
내 꿈과 같은 꿈을

그도 꾸고 있었는지 모르는데.

낮도 밤도 아닌 오후 3시에
하루살이여,
어디까지 보고 떠났느냐.
너 없는 천지사방은 고요만이 감돌고 있다.

정녕 이것이 네가 바라던 순간이었더냐.

* 『루카복음』 23, 46.

봄, 열다

3월, 첫날

바위들 들썩이는 걸 보니
꽃 핀다는 한 소식 들었나봐.

내 엉덩이 밑에서 말야.

꽃샘바람

병아리 노란 솜털 속으로
기어드는 너, 누구냐.

춘삼월 꽃샘바람이냐.

꿈을 이루다

빈 절터
우거진 숲이여

그 속에서도 꿈이 자라고 있었구나.

날아봤자

저 나비 어디 가려고
저렇게 천방지축天方地軸 서두르나?

날아봤자 옆 꽃부리인 것을.

두 시인
바람의 애벌레를 본 김영석
바람의 혼령에 취한 김형영

두 시인은 동진강* 바람 먹고 자란
초등학교 동창생.

어디로 떠나셨나
공초空超 오상순 선생은
"자유가 날 구속했다"는 명대사名臺詞를 남기고 떠나셨다.

꽁초 연기 붙잡고 말이야.

* 전북 부안과 김제 사이를 흐르는 강.

이기성

재단사의 노래 외

1966년 서울 출생.
1998년 『문학과사회』 등단.
시집 『불쑥 내민 손』 『타일의 모든 것』 『채식주의자의 식탁』.
〈현대문학상〉 수상.

재단사의 노래

가수여, 당신의 노래를 어디에서 가져오나요?
깨진 창문에서 흘러나오는 푸른빛처럼 적막한 목소리를

1970년에 그는 재단사였습니다. 가장 아름다운 옷을 짓기 위해
목소리를 버렸지요. 누가 검게 그을린 그 목소리를 주워 갔습니까?
그러나 당신은 1970년을 모르고, 그건 당신이 태어나기도 전의
일이겠지만, 노래는 일 년 후에도 삼십 년 후에도 아스팔트 위를 굴
러다닐까요? 화염의 구멍이 별처럼 숭숭 뚫린 외투와 같은 노래는

검게 타버린 슬픔과 슬픔의 아이들이 하얀 팔을 뻗어 서로를 꼭
끌어안고 있는 저녁

골목의 지하방에는 슬픔의 재단사들이 잠들어 있어요 그들은
밤새 은빛 가위로 밤을 오려 가장 검은 외투를 만들었답니다 당신
의 것이 될 외투를 재단하느라 부르튼 손으로
딱딱하게 굳은 세월의 심장을 어루만지며

파란 슬리퍼를 신은 뚱뚱한 가수여
오늘은 그것을 어디로 가져가나요?

지난밤의 별빛과 겨울의 입김과 자정의 촛불로 지은
늙은 재단사의 외투를 입은 노래를

모독

어떤 하루가 시작되기 전에 너는 시인이 되었다. 새까만 밤의 깃털을 뽑아 펜을 만들고 드넓은 백지 위를 휘청거리며 걸어가려고 했다. 어떤 억센 손이 네 팔을 비틀기 전에, 자줏빛 비명의 노래를 능숙하게 연주하기 전에, 헐떡거리며 깊은 밤의 강물을 찾아 헤매기 전에. 아니 그보다 먼저 너는 질척한 시장 골목 누런 먼지의 창문을 지나서 공중으로 날아갈 터였다.

그러나 오늘 너는 오래된 역전 다방 빛바랜 꽃무늬 소파에서 사소한 무게에도 무릎을 꺾고 울음을 터뜨릴 것이었다. 옆자리의 사내가 여자의 손을 부여잡고 있다. 거친 옹이가 울음처럼 단단히 박혀 있는 손. 용접기에서 튀어나온 파란 불꽃을 움켜쥔 손. 그러나 분홍 스웨터의 여자는 차갑게 손을 놓고 일어선다. 여자의 배가 희고 불룩하다.

이제 너는 아무것도 모르는 생을 향해 두 손을 내밀고 검은 맹인처럼 걸어가야 할 것이다. 네가 태어나던 모든 순간을 경멸하기 위해. 발바닥까지 질질 끌리는 배신자의 외투를 입고. 겨울의 모든 밤과 자정이 시작되기 전에

빙판

자정의 버스에서 갑자기 말이 없어졌다. 고개를 푹 숙이고 창백한 빙판처럼. 어린 연인들은 졸면서 침을 흘리고 각자 긍정적인 꿈을 꾼다. 목을 빼고 두리번거리던 사내는 겨드랑이를 북북 긁고, 초조하게 껌을 씹는 젊은 여자. 울음을 터뜨리기 직전에 저 하얀 손은 누구의 입을 틀어막게 될까. 빙판은 어두운 자장가처럼 미끄러진다. 아이가 호호 흰 손가락으로 유리창에 제 이름을 쓴다. 아이를 움켜쥐었던 손이 스르르 풀리고…… 엄마는 잠 속으로 하염없이 굴러떨어진다. 버스 기사가 침을 뱉으며 소리를 지른다. 검은 빙판이 쩍 벌어지고 자정의 버스가

도서관

오늘은 수세기 전 고문서 창고에 숨어 있던 벼룩 한 마리 톡 튀어나와서 틱틱톡톡 뛰어다닌다면

저 두꺼운 책들의 엉덩이에 들러붙어서 달콤한 피의 향연을 벌인다면, 납작하게 눌어붙은 혁명의 이마를 간질인다면

축축한 창고의 바닥을 굴러다니던 오래된 술병 속에서 시인의 재채기처럼 툭 튀어나온 새하얀 벼룩이

주점 아가씨의 스텝처럼 명랑한 벼룩의 춤이 먼지투성이 창문을 쿵쿵 두드린다면 천정에 고요히 박혀 있는 별들을 흔들어 떨어뜨리고

그러니까 시인의 쭈글거리는 뺨 위를 흐르는 이건, 어쩌면 눈물이라는 것이지만, 그건 잿빛 먼지처럼 가볍고 불멸의 문장처럼 지루하고

오늘은 심상의 시큼한 누룩과 푸른곰팡이 냄새에 취한 채 무의미의 귓불이 하얀 반죽처럼 부풀어 오르고 아가씨의 검은 머리카락처럼 출렁이고

창고 속 늙은 혁명의 이마 위에서 틱틱톡톡 명랑한 벼룩의 춤을 춘다면 백 년 동안 쌓인 먼지처럼 두꺼운 겨울이 오지 않을 춤을 함께 출 수 있다면

즐거운 날에

세상이 점점 더워졌다 하나씩 먼지가 되어갔지
네가 아직 검은 살의 맛을 몰랐을 때
너는 공원의 연못가를 걸어 다니는 오리처럼 다정하게
꽥꽥거렸지 그것이 너의 유일한 일이라는 듯이
마치 시를 읽고 있다는 듯이
열정을 다해 꽥꽥 잿빛 깃털 같은 햇빛 사이로
바람이 불고 헐벗은 입술이 일렬로 뒤뚱뒤뚱 걸어갔지
누렇게 범람하는 천변을 따라서
부끄러움을 모르고 속옷 바람으로 산책하는 노인처럼
그의 앙상한 다리에 허옇게 핀 버짐처럼
그러다 침을 삼키고 겨울의 눈사람처럼
뒤뚱거리며 사라졌지
봄과 여름을 지나서 얼어붙은 발이 천천히 따라왔지
잿빛 헐렁한 외투를 입은 영혼처럼 뒤따라왔지
더러운 동전을 줍기 위해 허리를 굽혔지
검은 살의 맛은 아직 도착하지 않았지
다시 눈을 뜨면
가난한 아이의 노래처럼
아이의 입에 쌓인 하얀 먼지처럼

슬픔의 하얀 빵을 나누어 먹었던 시절에

물의 자장가

물은 속삭인다. 너는 겨울의 냄새를 맡을 거야. 축축한 지하도에서 뒹굴던 별은 공중으로 튀어 오를 거야. 공중에서 노랗게 반짝일 거야. 늙은 연인처럼 잠든 이의 귀에 속삭인다. 너는 시멘트 벽속에 담긴 시체가 될 거야. 사람들이 어디냐고 물으면 분홍의 내부라고 말할 거야. 혀를 길게 늘어뜨리고 심장에 고인 검은 슬픔의 냄새라고 할 거야. 젖은 손가락으로 어제의 귀를 어루만질 거야. 너의 뺨에 파랗게 번지는 얼룩 같은 중얼거림, 그것은 물의 몫이겠지만. 나는 사라지지 않을 거야. 너의 귓속에서 영원히 출렁거릴 거야.

따귀

거울의 저편에서 왈칵, 쏟아진 것이다. 끓어오르는 한낮의 거리에 서 있는 것이다. 군중들의 뺨에 붉은 잎이 스치는 것이다. 투명한 소음의 한가운데서 뚝 끊어지는 것이다. 차가운 별이 회전하는 것이다. 절뚝이는 사내가 다리를 질질 끌며 기어이 종로5가를 관통하는 것이다. 부풀어 오른 뺨의 저쪽이 고요히 사라지는 것이다. 정오의 백치처럼 흰 웃음을 터뜨리는 것이다.

심사평

불온한 노래 가능한 목소리

이근화

시는 본디 노래였지만 이 시대 노래가 아니면 안 되는 것이어서 음울한 자기 리듬을 발견한 시인들의 목소리에 귀 기울이게 되는 것 같다. 선후배, 동료 시인들의 작품을 읽는 일은 여전히 마음을 뜨겁게 한다.

김경후는 길 위에서 짓밟힌 것들을 늦도록 오래 바라보며 바꾸지 못할 글자들을 끌어안고 뜨겁고 무겁게 굴러가는 시간을 감지해낸다(「야간도로공사」). 땡볕의 노란 해바라기, 뱃속에 칼이 박히는 암캐, 목줄기에 박힌 톱니바퀴의 울음을 우는 '나'의 공동 운명 속에서 시인은 몸서리친다(「해바라기」). 이길 수도, 바꿀 수도 없는 세계 앞에서 그녀의 한 구절 한 구절이 아프고 미더웠다.

황성희의 시적 진술은 도도하고 차갑게 느껴진다(「눈부신 사생아」). 앎과 모름 사이 슬며시 질문을 거두어도 그녀의 안에는 물음표로 꽉 차 있는 것처럼 보인다(「개의 복수」). '이상하지 않음'의 상태에서 '이상하게 착하고 부지런한 사람'으로 산다는 것은 무엇일까(「이상하게 착하고 부지런한 사람」). 완강하고 질기고 견고한 '나'를 향해 가면서 그녀는 자주 발길을 멈추는데 그 멈춤은 의미 있는 일이라는 생각이 들었다.

허수경의 시를 통해 다른 시공간을 통과하는 한국어를 만날 수 있었다. 희망이 먼지처럼 부유하는 자리에서도 여전히 어떤 노래가 울릴 수 있다면 바로 그러할 것이다. 완고한 현실세계의 가망 없음을 드러내는 장석원의 시는 절망을 전투로 바꿔놓는 힘을 보유하고 있었다. 절망과 내통하는 이 노래들의 불온함은 이 세계의 폭력성을 드러내면서도 스스로 진정성을 캐묻는 데 있을 것이다. 음울하고 환상적인 목소리를 가진 이제니의 시에서 말은 재밌게 굴러가면서도 파괴적인 곳에 닿았다. 그녀의 목소리에 귀를 기울이다 보면 울분이 차오르는 것을 느끼게 된다.

침체된 문단의 분위기 속에서도 시인들은 시를 쓰고, 발표를 하고, 시집을 엮어낸다. 영광은 문인의 것이 아니기에 이런 작업들이 더 빛나는 것이 아닐까. 김현의 글에서, "문학은 무지를 추문으로 만든다"는 구절을 보았던 것이 문득 생각난다. 우리를 둘러싼 무지를 어떻게 추문으로 만들 수 있을까, 어디까지 가능한가 고민해보게 된다. 고민 이전에 고통 앞에 선 수많은 이들에게 미안하고 부끄러운 마음을 지울 수 없는 까닭에 한 줄 한 줄 어렵게 쓰이고 아프게 읽을 수밖에 없는 것 같다. ▪

청년정신이 우리 시대 문학정신이다

함돈균

한국 문단에서 이제 문학상은 흔한 것이 되어버린 인상마저 없지 않다. 여러 문학잡지들에서 주관하는 상이 많은 데다가, 요즘은 각 지자체들이 앞을 다투어 자기 지역 출신 문인들의 이름을 걸고 문학상을 유치하고 있기 때문이다. 독서 인구는 급격히 줄어들고, 작가들이 자기존립을 유지하기 점점 더 쉽지 않은 생활세계는 개선되지 않는 상황에서 이렇게 많은 문학상들의 의미는 무엇인가. 게다가 올해처럼 창작자와 비평가와 문학출판사, 즉 문단 전체가 대중의 공적이 되어 유례없는 불신과 비난을 받는 상황에서 일반인들에게는 '난립'의 느낌마저 들게 하는 문학상 제도의 의미를 새삼 따져 묻지 않을 수 없는 시기다. 연말이 가까워지면서 지금 이 시각에도 시상식을 위한 많은 잔치들이 준비되고 있다. 그러나 이러한 문학 내외적 상황에 대한 진지한 검토나 철저한 자기반성 없이 진행되는 문단 잔치들은, 난파당한 세속세계에 가까스로 삶의 존엄이라는 가치를 붙들고 위태롭게 서 있는 문학의 존재 의의를 지키는 과정이 되기 어려울 것이다. 특히 지금은 독자 없는 문학시대를 가속화시키는 데에 한국 문단 전체가 공동책임이 있다는 각성이 없다면, 이 잔치들이 희극적인 클리셰로 전락할 수 있다는 엄중한 사실을 인식해야 할 때다.

올해 〈현대문학상〉 예심은 시대 상황과 문단 상황에 대한 이런 인식 때문에 다소 착잡한 마음과 무거운 책임의식을 갖고 임했다. 개인적으로는 많은 문학상들 중에 특히 〈현대문학상〉이 한국 문학의 현장성과 시의성, 중견세대와 신진세대 모두를 포괄하는 역동성과 통합성을 비교적 잘 반영하는 좋은 상이라는 인상을 갖고 있었기에 심사 의뢰를 감사한 마음으로 받았다. 예심 심사자인 이근화 시인과 2014년 12월호(겨울호)부터 2015년 11월호(가을호)까지 1년간 주요 문예지에 발표된 신작시들을 읽고 선별하는 작업을 두 달간 진행했다. 두 심사자는 각자 15명 내외의 후보자를 선정해서 『현대문학』에 통보했고, 이를 바탕으로 별도의 날을 정해서 한자리에 모여 다시 15명 내외의 본심 후보자를 함께 선정했다.

예심 과정에서 가장 눈에 띈 한국 시단의 흐름은 두 가지다. 2000년대 초반 10년을 주도했던 폭발적이고 감각적이었던 신진세대의 목소리들이 잦아드는 대신, 중견세대의 약진과 자기갱신이 계속되고 있다는 사실이다. 이는 2000년대 초반 한국 문단을 주도했던 신진세대들이 중견세대로 진입하게 된 것도 한 이유지만, 10년 이상의 자장 안에서 전통적 시세계와 전위의 감각이 상호 대화하며 서로 확장되고 깊어지는 과정이라고 여겨지는 면이 더 크다. 또 하나는 전통과 전위를 막론하고 우리시대 정치 퇴행 상황에서 기인했다고 추측되는 광범위한 '문학의 정치화' 경향이다. 이 '정치화'는 리얼리즘의 그것처럼 선명하게 선언되거나, 새로운 감각이나 방법론으로 천명되는 게 아니라, 정신의 질환처럼 신경증적이거나 우울한 공기처럼 무기력하게 육체에 스며 있다. 검토했던 시인들 중에 좋은 시를 쓰고 있다고 여겨지는 시인들에게서 거의 예외 없이 이런 현상을 목격했다는 사실은 시대의 불행이자, 한국 문단의 예민한 현장성을 확인하게 했다는 점에서 '다행'이라는 생각이 들기도 한다.

이수명과 이원과 김행숙은 이번 〈현대문학상〉 예심에서도 심사위원 두 명 모두에게 가장 먼저 추천되었던 시인들이다. 그리고 이들은 지금 어떤 문학상 심사에서도 공히 먼저 추천되는 시인들이다. 이들의 놀라움은 이제 중견이라고 할 만한 시인들이지만, 등단 이후 지금까지 그 미학적 수준과 에너지의 열도를 거의 잃어버린 적이 없이 꾸준하다는 사실이다. 이들의 시는 바깥으로 발설하지 않고 안으로 삼키는 말이라는 특징을 지녔다. 그러나, 아니 그래서 이 목소리들은 더 뜨거웠고, 우리 시대가 만날 수 있는 말 중에 가장 정직하고 세며, 여전히 낯선 말이었다. 관념에 물질성이 강력하게 융합되고 있으며, 내면의 개성적 표현을 발명하는 데 충실한 시인들의 시에서 오히려 절박하게 솟아나는 시대정신들이 감지되어서 비평가로서는 무거운 감명을 받았다. 박진성의 시는 갈수록 우울해지고 갈수록 에로틱해지고 있다. 역시 시대의 병이 자기 병으로 옮겨갔다는 게 감지됐는데, 이 병을 자기 몸과 언어로 표현하는 고유한 통로를 얻었음을 알 수 있었다. 그의 시적 행로는 앞으로 더 기대되고 주목할 만한 지점이 있다. 최문자의 문학적 갱신은 최근 한국 시에서 확인할 수 있는 가장 아름다운 문학 증후 중 하나라고 감히 말하고 싶다. 전통적인 서정을 기반으로 한 시가 어떻게 나날이 시대와 세대와 감각의 운동성을 포용하고 확장시켜나갈 수 있는지에 대한 모범 사례다. 그 유연함과 미학적 성실성에 큰 격려의 말씀을 보낸다. 박판식, 황성희는 자기 개성을 가지고 '이야기'를 직조하는 시인들이다. 지난 1년 간에도 그들은 많은 '젊은 시'를 발표했다. 그들의 비타협성은 한국 문학이 지켜주어야 할 청년성이라는 점에서 주목할 만하다. 마지막으로 같은 맥락에서 김경후를 언급하고자 한다. 그의 시는 우리가 검토했던 시들 중에 가장 비관적인 목소리였으며 '청년다운' 목소리 중 하나였다. 이 비관은 응시되고 있지만 자기를 비관적 풍경의 바깥에 두는 면죄부를 주지 않았기에 냉소적이지 않으며, 과장이 없기에 감상적이지 않다. 등단 이래 늘 뜨겁고 어두운 시를 써왔으나, 이 비관성이 그의 시를 세상으로 하여금 덜 주목하게 만든 면이 없지 않다. 그의 시가 공교롭게도 '헬조선'이란 말이 공공연하게 들리는 시대 상황에서 주목된 것은, 거꾸로 그 시의 ('청춘'이 아니라) 청년성과 예언자적 지성을 증명하는 일이라고 생각한다. 어떤 면에서 나는 김경후의 시에서 2015년의 최승자를 읽었다. 고독한 청년정신, 뜨거운 문학정신에 격려의 말을 전한다. ■

고통을 가누는 한 가지 방식

김사인

　김경후는 자신의 시 쓰기의 기원을 "세상 모든 정오들로 만든 암캐"
의 처절한 죽음, 그리고 그 고기를 먹은 저녁부터 시작된 "뱃가죽이 찢
어지는 소리로 울"기라고 쓰고 있다(「해바라기」). 그런가 하면 "한쪽 발
을 벗은 채/깨진 보도블록 틈에 박힌 구두굽을 잡고 쪼그려 있"는 이미
지를 빌려 여성됨의 "수억 년 동안 끝나지 않는" 치욕과 슬픔을 말하고
있다(「잉어가죽구두」). 나아가 그러한 치욕과 울음의 처소는 또 다른 시
에서 "가슴뼈들로 노 저어 간 곳" "홀로"라는 곳, 그리하여 "사라지지"
도 "아귀와 함께 지옥에도 떨어지지 못하는" 천형 같은 곳으로 드러난
다(「검은바람까마귀」).

　그런데 이 격하게 곤두선 자기인식이, 다소 뜻밖에도 정상적 범위의
한국어 어휘와 어순들에 의해 버텨지고 있는 것이다. 발상이나 표현의
과장과 해체가 마치 앞선 시 쓰기의 표지인 양 통용되는 시절에! 현란한
'신식'들 틈에서 잘 눈에 띄지도 않는 그 낮고 수수한 외양 안쪽에 그는
피가 배일 듯 생생하고 뜨거운 것을 가누고 있는 것이다. 이 장면은 매

우 감동적인데, 심지어 그 수수함이야말로 오히려 최선의 미적 장치로 여겨질 지경이다(얼마간은 실제 그러하다).

말이 지닌 오랜 결을 신중하게 견뎌주는 이 구심적 감각이 제대로 작동하지 않고는, 실은 전복과 위반의 모험들이 긴장과 깊이를 얻기 어렵다. 진정한 의미의 '형태 파괴'란 견딜 만큼 견딘 끝에 불가피하게 도래하는 파괴'됨'일 것이기 때문이다. 예컨대 다다나 슈르의 '형태 파괴'와 설득력이 천만 명의 살육이란 1차 대전의 참혹이 결과한 절규였다는 것, 그 불가피함에 의해 받쳐진 힘이라는 것을 기억할 만하다.

김경후의 미덕은 그것뿐 아니다. 시적 언술에 임하는 그의 감각은 드문 방식으로 깊고 조심스럽다. 그의 발성들은 느낌이나 생각의 뻗어내기를 통해서가 아니라, 오히려 참고 견디기를 통해 더 이루어지고 있는 듯이 느껴진다. 그 속에서 마음과 말의 어우러짐이 높은 경도를 얻게 되는 것처럼 보인다.

이런 시인을 수상자로 만날 수 있는 것은 문학상 측의 행운이 아니겠는가 생각한다. 시집이 아니라 지난 1년간 문예지에 발표된 시편들만을 심의 대상으로 하는 가운데, 처음부터 김경후 시인의 시편들이 눈에 띄었던 것은 아니다. 그런데 거듭 읽을수록 깊고 단단한 무엇이 점점 우리를 붙잡았다. 시인이 보여준 견딤의 신실함에 깊은 경의를 표한다. "뱃가죽이 찢어지는" 고통들이 시인에 의해 그에 맞는 아름다운 몸을 얻게 되길 빈다. ■

낮은 목소리 큰 울림

김기택

본심에서 주로 논의 된 작품은 두 그룹이다. 그 하나는 개성적인 시적 방법과 기존의 시들을 반성하게 하는 새로운 시적 인식을 바탕으로 만만치 않은 시적 성취를 이룬 시력 20년 이상의 중견 시인들이다. 이 시인들 중 몇몇은 최근에 발표한 시들이 자신의 성취에 안주하지 않고 더욱 치열하게 작업에 박차를 가해 한층 무르익은 시세계를 보여주고 있어서 수상작으로 밀기에 부족함이 없어 보였다. 다른 하나는 그동안 크게 눈에 띄지는 않았으나 시어를 다루는 감각이나 이미지의 활력이 신선하게 느껴지는, 시집 두어 권을 펴낸, 신인들이다. 이 시인들 중에는 기존에 우리가 젊은 시인들의 시에서 보아왔던 주류적인 경향에서 약간 비껴나 있으면서도 그 새로움이 매우 참신하게 느껴지고 아울러 우리 시가 나아가야 할 바람직한 방향까지 작품에 담겨 있어서 충분히 주목할 만하다고 판단되었다.

논의를 거듭할수록 두 심사위원의 선택은 점차 후자 쪽으로 기울었는데, 그 첫 번째 이유는 이 시인들이 가지고 있는 소중한 장점이 이른바

대세에 밀려 가려질 수 있다는 우려 때문이었다. 감당하기 어려울 만큼 많은 작품들이 쏟아져 나와 악화가 양화를 쫓아내도 잘 눈에 띄지 않고, 그래서 주목받는 시인만 계속 주목받는 구조가 고착화되고 있는 현실에서는 뛰어난 시인, 우수한 작품이라도 목소리가 낮으면 쉽게 묻혀버리기 쉽다. 문학상이 가진 중요한 역할 중의 하나는 이런 숨은 보물을 찾아 주목을 받도록 함으로써 우리 시 문학을 보다 다양하고 풍요롭게 하는 데 있다고 본다. 두 번째 이유는 찬탄과 우려의 대상인 우리 젊은 시가 나아가야 할 또 하나의 바람직한 방향을 제시하는 미적인 힘과 방법이 이들의 시에서 보였기 때문이다. 2000년대에 들면서 일군의 젊은 시인들을 중심으로 바뀌기 시작한 시의 낯설면서도 새로운 어법과 시작방법은 우리 시의 흐름을 바꾸는 강력한 동력이 되어 시단에 활기를 불어넣은 것이 사실이다. 그러나 새로 시단에 진입하는 신인들에게는 이들의 새로운 언어가 모델이 되어 긍정적인 면뿐만 아니라 부정적인 요소까지 답습하여 눈에 띄기 위해 일부러 어렵게 쓰려는 폐해를 낳은 것 또한 부정할 수 없다. 후자의 시인들은 미래의 시인들에게 새로운 시가 가야할 바람직한 방향을 제시해주는 데 긍정적인 역할을 할 수 있겠다고 생각하였다.

이런 고민과 논의를 거쳐 김경후의 「잉어가죽구두」 외 5편을 수상작으로 결정하게 되었다. 김경후의 시들은 겉으로 볼 때는 목소리도 낮고 밋밋해 보여 집중해서 읽지 않으면 그 장점을 놓치기 쉽다. 그러나 낮은 목소리에 귀를 기울이면 있음과 없음의 경계와 신축성이 풍부한 시공간을 관통하는 자유롭고 활달한 이미지들의 운동을 만날 수 있다. 예를 들면 「먹감나무 옷장」에는 '연다'와 '닫는다'의 반복 리듬 속에서 옷들이 품고 있는 기억들, 낡음과 새로움, 빛과 어둠, 뿌리와 잿더미들이 살아

났다가 사라지는 이야기들이 펼치는 익숙하면서도 낯선 세계가 있다. 이 기억은 먼저 간 사람들이 겪었던 일이 개인의 몸에서 되풀이되는 사건이며, 여러 문화가 교차하면서 축적된 기억이기도 하다. 이런 사건들은 일상과 몸에 구체적으로 뿌리를 두고 있어 하나의 사물이나 장면들을 활동하는 유기체로 만들 뿐 아니라 풍부한 정서적 감염력을 지니게 한다. 그의 시는 애잔한 감정과 정서를 순환시키고 운동시켜서 이상하게 활달한 즐거움을 준다. 그의 시의 새로움은 낡은 것에 반발하고 저항하고 버린 대가로 찾은 새로움이 아니라 낡은 것 속에 풍부하게 내장되어 있으나 아직 우리가 보지 못한 것들을 재발견하고 그것의 진정한 가치와 아름다움을 찾아내어 생동감 있게 느끼게 해주는 새로움이라고 할 수 있다. 그러면서도 그의 시의 어법은 생략과 비약, 있음과 없음의 경계, 물렁물렁한 시공간, 주체의 전도 등을 자유롭게 가로지르는 젊은 시의 문법도 지니고 있다.

김경후의 시를 〈현대문학상〉의 이름으로 재발견하게 된 것을 기쁘게 생각한다. ■

텅 빈 백지처럼

김경후

아무것도 쓰여 있지 않은 텅 빈 백지가 아름다웠습니다. 텅 빈 백지만큼 아름다운 시들을 읽었습니다. 텅 빈 백지로 살아간 시인들을 읽었습니다. 캄캄한 밤일수록 아름다웠습니다. 조심스럽게 저도 백지의 구석에 끄적거렸습니다. 그때마다 말들은 얼룩지고 여백은 뭉개졌습니다. 시는 캄캄했고 백지는 사라졌습니다.

아무것도 쓰지 못했습니다. 아무것도 쓰여 있지 않은 텅 빈 백지는 아름다웠습니다. 눈부신 모국어의 빛으로 가득한 백지. 모든 것을 가진 텅 빔. 아무것도 쓰지 못해도 밤새 백지에 귀를 기울여봅니다. 아무것도 쓰지 못한다고 썼다가 그것마저 지웁니다. 아무것도 쓰지 못했는데 벌써 저의 백지는 얼룩덜룩합니다.

무엇보다 낮은 바닥에 있어 그 무엇보다 백지는 깊고 따스했습니다. 진실한 모국어의 빛으로 가득한 백지. 모든 것을 가진 텅 빔. 낮고 깊은 시들과 낮고 깊은 마음들을 읽었습니다. 매섭게 추울수록 따스했습니다. 따라 해보고 싶었지만 그때마다 저의 이미지들과 비유들은 차가웠고 시는 캄캄했고 백지는 사라졌습니다.

이러한 저의 부족과 게으름, 모국어에 휘둘렀던 악행을 자백한다고 부끄러움과 죄스러움이 덜어지진 않을 겁니다. 제게 과분한 상입니다. 저는 무엇을 할 수 있을까요.

시끄러운 음악 방송이 나오는 버스 안에서 기우뚱거리며 전화를 받았습니다. 『현대문학』이었습니다. 그 순간 저는 마음속으로 단단히 "다시 열심히 쓰겠습니다"라는 말을 준비했습니다. 바로 전날, 『현대문학』에 짧은 산문을 써서 보냈는데 도저히 용납할 수 없는 미진한 글이라 연락이 왔다고 생각했기 때문입니다. 그 산문에 대한 전화는 아니었지만 여러 번 생각해도 결과적으로 제가 할 수 있는 말은 똑같았습니다. 다시 열심히 쓰겠습니다.

텅 빈 백지의 길과 텅 빈 시인의 길을 보여주신 선생님, 감사합니다.
아름다운 시의 동지들, 선배님들, 후배님들 감사합니다.
부족하기만 한 시를 격려해주신 심사위원 선생님들과 『현대문학』에 감사드립니다.
열심히 쓰겠습니다. 아무것도 되지 않겠습니다. 텅 빈 백지처럼. ■

2016 現代文學賞 수상시집

잉어가죽구두 외

지은이 | 김경후 외
펴낸이 | 양숙진

초판 1쇄 펴낸날 | 2015년 12월 7일

펴낸곳 | ㈜현대문학
등록번호 | 제1-452호
주소 | 06532 서울시 서초구 신반포로 321(잠원동, 미래엔)
전화 02-2017-0280
팩스 02-516-5433
홈페이지 | www.hdmh.co.kr

ISBN 978-89-7275-760-3 03810